Er cof am Mam-gu a Mama

'Beth yw adnabod?'

Waldo Williams

MERERID HOPWOOD

O
Ran

CYFROL FUDDUGOL Y FEDAL RYDDIAITH
EISTEDDFOD GENEDLAETHOL CYMRU
CAERDYDD A'R CYLCH, 2008

Gomer

Cyhoeddwyd yn 2008 gan
Wasg Gomer, Llandysul, Ceredigion SA44 4JL

ISBN 978 1 84323 982 6

Dymuna'r cyhoeddwyr gydnabod cymorth
Cyngor Llyfrau Cymru.

Argraffwyd a rhwymwyd yng Nghymru gan
Wasg Gomer, Llandysul, Ceredigion.

1

Gadael

*Dangos i mi'r man lle mae terfyn y llwybr, y man lle caf
ddiosg fy sgidie trwm a dringo i fyny yn ôl, yn erbyn y
llif, tan gysgodion y coed, at y cam cyntaf erioed; y man
lle caf y gwlith yn fendith dan wadnau, yn oer ar
ddoluriau; y man sy'n arwain yn ôl at groth y cwm ac at
eni'r sŵn, lle mae'r dŵr yn torri.*

*Dangos i mi'r man lle caf ben llinyn yr afon, i'w ddal
a'i godi'n ôl, nes bod un bellen arian yn fy llaw, yn
grwn, yn gyfan, nes bod y byd i gyd fel newydd, yn
sgleinio mewn dafnau glaw.*

Paddington

Dal y trên. Dim ond jyst. Dal fy ngwynt. Dal yn dynn yn fy nhocyn. Chwiban y gard. Gwasgu i mewn i'r sedd agosaf. Diolch yn dawel. Dyn busnes ar bwys, un na fyddai'n debygol o fusnesan. Diolch eto. Non-smoker? Ie. Diolch byth.

'Good evening, ladies and gentlemen, may I welcome all passengers aboard the 125 from Paddington to Swansea, calling at . . .'

A dyma fi. Unwaith eto. Rob yn dal i godi llaw ar y platfform. Y trên yn dal dan do un o brif orsafoedd Llundain. Ac rwyf innau, eisoes, wedi camu i gapsiwl o Gymru. Yn sŵn ling-di-long, lan-a-lawr alaw Gymreig llais y gard, caf fy nghludo nôl, fesul sillaf, fesul milltir, fesul eiliad. Nôl at Yvonne a Mair. Nôl at Anti June. Nôl at Myng-gu. A Dad.

'Tickets please,' gorchmynnodd llawes grimplîn a llaw fodrwyog yn serchog dan fy nhrwyn. Tyllwyd y tocyn.

'There you goes, my lovely.'

'Sir?' meddai'r un llawes wedyn wrth y gŵr yn y sedd drws nesa.

Dangosodd hwnnw ei Gold Card. Dyma fi'n diolch eto. Arwydd pendant mai dyn cymharol leol oedd hwn, aelod o glwb breintiedig y tocynnau trên blynyddol, gweithio yng nghanol y ddinas, byw ar y cyrion. Byddai'n siŵr o gyrraedd pen ei daith ymhell cyn croesi Hafren. Chwibanodd y gard 'O Danny Boy' a dawnsio tua'r cerbyd nesaf. Roedd ei drên yn orlawn. Roedd e'n brysur felly. Ac felly'n bwysig. Ac felly'n hapus.

Agorodd ceg y gwagle arswydus rhwng y cerbydau gyda'i ru newynog. Caeodd ei safnau electronig. Llyncodd y gard a'i boeri allan eto i'r cerbyd nesaf.

Twnnel.

Gwelais gysgod yn y ffenest. Adlewyrchiad.

iii

Nos Da

''Na ni.'

  'Nos da.'

A dyna fi'n gwbl saff. Yng nghesail Dad. Ar un ochr i mi roedd y pared yn dynn yn erbyn y gwely, ac ar yr ochr arall roedd pwysau Dad yn dynn wrth fy ochr. Arogl cysurus Dad. Mwg pib a sebon col-tar. Fi o dan y cynfasau, a Dad ar ben y garthen. Ac fel hyn, yn dynn rhwng y dillad gwely, roeddwn i'n ddiogel. Llaw chwith Dad o dan y gobennydd. Ei fraich dde yn gorwedd yn dyner ac yn drwm ar fy nghefn. Ei law dde o dan y gobennydd. A rhwng ei ddwy law, fy mhen innau, mewn nyth o ddiogelwch.

Yr un oedd y drefn bob nos. Stori, un neu ddwy rownd o 'Dôn y Botel', gyda geiriau carbwl rhyw bennill gwneud neu'i gilydd a fyddai'n cynnwys fy enw i. 'Me-e-erch fach Da-di, yw hi-i bob ta-a-med.' Rhyfedd fod gan Dad o bawb lais mor amhersain. Bron na allech chi ddweud ei fod mas o diwn. Ond roedd hi flynyddoedd yn ddiweddarach pan sylweddolais i hynny. Yn nosweithiau diogel fy mhlentyndod cynnar, canu Dad oedd y sŵn gorau i gyd.

Ac yna, dechrau'r gêm. Dad yn esgus cysgu ac yn anadlu'n gyson, gyson. Clywed y gwynt yn mynd mewn a mas, yn chwiban weithiau drwy'r blewiach bach yn ei drwyn. Minnau hefyd yn esgus cysgu ac yn ceisio ngorau glas i anadlu'r un mor gyson. Doedd dim llawer o amser ar ôl nawr. Roeddwn i'n gwybod hynny. Unrhyw funud, byddai'r dwylo diogel yn sleifio allan o dan y gobennydd, y traed yn pysgota am y carped o dan y gwely, a'r corff cynnes yn llithro'n llechwraidd oddi ar y garthen ac yn anelu am y drws, a'r hafn o olau landin yn tyfu fodfedd neu ddwy neu dair cyn dwyn Dad, a'm gadael i yn y tywyllwch yn llwyr.

Yna, byddai gwich y styllen olaf cyn top y stâr yn larwm i'm rhybuddio. Yn ddi-ffael, o glywed y sŵn hwnnw, byddwn i'n galw . . . 'Dadi! Dere nôl. Sai'n gallu cysgu.'

A nôl y byddai Dad yn dod. Weithiau gydag ochenaid.

Roedd angen ei amddiffynfa arnaf bryd hynny. Fel heddiw. Fel erioed.

Weithiau, gallwn ei gadw i gyd i fi fy hunan nes cân gyntaf y bore bach.

Ar adegau fel hynny, pan fyddai blinder wedi'i goncro cyn iddo geisio dianc i olau'r landin, a phan fyddai'r bore'n dod a'i ddal yn cysgu'n drwm ar erchwyn fy ngwely i, byddwn i'n camu drosto ac yn chwarae ysgol ar lawr yr ystafell wely ac yn rhybuddio'r tedis i gyd i beidio â gwneud sŵn rhag deffro'r prifathro a oedd wedi blino'n lân ac yn cysgu, yn rhyfedd iawn, yng nghanol yr ystafell ddosbarth.

Weithiau, pan fyddai'r dydd yn ddigon hen i gynnig golau mawr i mi, byddwn yn mentro lawr stâr i wneud llond powlen o gorn fflêcs a diddanu fy hunan wrth ddarllen y bocs a dyfalu ystyr y geiriau 'Her Majesty . . . purveyors of cereal'. Fel arfer, roeddwn i'n dyfalu eu bod nhw'n sôn am frenhines

gas a oedd wedi pwdu wrth geiliog y grawnfwyd . . .
Wedi'r cyfan, doedd y frenhines ddim yn neis. Pe
byddai hi'n neis, byddai Dad yn gadael i fi fynd
gydag Yvonne at y Brownies.

Fel pob plentyn, am wn i, pan nad oedd modd
deall pam, roedd dychymyg yn cynnig ateb.

Fel pawb, am wn i.

iv

Sgidie

Yn bedair blwydd oed mae traed yn rhan fawr o fywyd. Roeddwn i'n adnabod pobl yn ôl eu sgidie. Sgidie brown dynion fyddai'n dod i'n tŷ ni gan amlaf. Sgidie heb lawer o ôl polish a digon o ôl traul. Sgidie cyffyrddus, heb fod yn ffasiynol nac yn hen-ffasiwn chwaith. Sgidie Dad a sgidie cydnabod Dad. A *desert boots* neu daps Green Flash. Sgidie myfyrwyr miwsig Dad fyddai'r rhain.

Byddai sgidie synhwyrol Myng-gu yn dod o dro i dro, rhai nefi, gyda bwcwl arian bach, bach a thyllau mân yn y lledr ar flaen y droed a sawdl fach bwt yn y cefn. Roedd rhain yn sgleinio. Ond nid cymaint â rhai Anti June. Roedd sgidie Anti June wedi'u gwneud o ryw ddeunydd a oedd yn debycach i wydr na lledr. A doedd dim dal pa liw fyddai'r rhain. Roedden nhw'n hardd. Yn uchel ac yn hardd, a phan fyddai hi'n eu diosg i wisgo Scholl's yn eu lle, a dangos ewinedd bysedd ei thraed, a oedd yr un lliw â'r darn lledr ar flaen y sandals, byddwn i, weithiau, heb fod neb yn edrych, yn dwyn y sgidie gwydr i'r stafell molchi ac yn cloi'r drws. Yna, ar hyd y leino byddwn yn clipian clopian. Roeddwn i'n caru sgidie Anti June. Ar y cyfan, roeddwn i'n caru Anti June. Falle nid cymaint â'i sgidie hi.

'Ang hâr ad?'

Tri nodyn. Anti June yn galw. Tynnu'r sgidie'n glou. Mas o'r stafell molchi. Roeddwn i'n gwybod beth fyddai'n digwydd nesaf.

'Bydd Myng-gu ac Anti June yn mynd cyn bo hir. Dere lawr i weud gw-bei.'

A lawr â fi. Yn y gegin, byddai'r seremoni arferol yn digwydd. Myng-gu ac Anti June yn tynnu eu ffedogau, eu plygu a'u rhoi yn nrâr y seld. Byddai Myng-gu yn rhoi sgarff fach rownd ei gwddw ac Anti June yn estyn am ei modrwyon o'r soser ar bwys y tepot. Byddai'r gegin yn disgleirio ac arogl parazôn yn llenwi'r lle a Myng-gu wedi bod yn lladd yr hen *germans* o'r sinc a'r tŷ bach.

'*Germs*, Myng-gu fach, dim *Germans*,' fyddai Anti June yn dweud, bob tro.

Doedd dim llawer o bwynt. Ac unrhyw funud byddai Anti June yn chwilio am y sgidie.

''Ma chi, Anti June. Pan fydda i'n fawr, rhai fel hyn fydda i'n gwishgo hefyd.'

'Dere 'ma.'

A dyma'r wasgfa fisol. Arogl polish a pharazôn a sent a lipstic Anti June, ac arogl polish a pharazôn a phowdwr Myng-gu yn gusanau i gyd ar hyd fy wyneb.

'Nawr, bydd di'n gwd gyrl fach.'

Byddai Anti June yn dweud hyn bob tro. Ac yna, ar y ffordd mas am y drws ffrynt, byddai'n rhoi ei phen rownd drws y stydi.

'Ni off 'te, Ifan. Ffona os ti am rwbeth. Dim ond ishe gweud y gair. Wedi crafu tato – yn y sosban yn barod. Cofia roi halen. Ham yn y ffrij.'

A Myng-gu'n dweud:

''Na ti 'te, Ifan bach. Ma popeth yn sgwâr 'ma 'to am sbelen, a bydd y lodes fach hon yn siŵr o ofalu amdanat ti tan tro nesa . . . byddwn ni nôl wap fach.'

Gyda hyn, byddai Myng-gu yn agor clasp ei hambag ac yn estyn tamed o Sbanish o'r gwaelodion a'i roi i fi yn anrheg i'w gnoi yn lân o ddwst leinin y bag, ac i dduo fy nannedd.

'Myng-gu fach, chi'n sbwylo ni,' fyddai Dad yn dweud wedyn, ac yn codi o'i ddesg, er gwaethaf protestio Myng-gu ac Anti June, y ddwy am y gorau yn ei siarsio i beidio â symud. A'r ddwy, am ryw reswm, yn diolch iddo.

Weithiau byddai Dad wedyn yn fy sgubo o'r llawr a'm rhoi ar ei sgwyddau a'm cario mas at y car. Ac yn sydyn, fyddai dim sôn am sgidie, dim ond coed a chymylau a gwynt yn fy nghlustiau a sŵn car yn cychwyn a llaw Myng-gu yn chwifio, chwifio, chwifio drwy'r ffenest nes i Anti June droi ei Hillman Imp bach glas rownd y gornel o'r golwg. A finnau'n teimlo rhyddhad mod i wedi llwyddo i ddal talcen Dad gydag un llaw a chwifio gyda'r llall a heb syrthio'r holl, holl ffordd i lawr i'r pêfment igam-ogam islaw.

Roeddwn i wedi gweld aderyn bach unwaith yn methu'n deg â hedfan ac yn gadael ei nyth heb feistroli ei grefft, a glanio'n swp ar yr union bêfment. Druan, druan bach.

Cyfeilydd heb ei ail. Arddull unigryw.
Gall ymdeimlo'n llwyr gyda'r unawdydd.
Bron fel pe byddai'n anadlu drosto, yn ail
ysgyfaint i'r llais. Yn broffwyd, gall
rag-weld y seibiannau, a synhwyro'r
amseriad. Fel pob cyfeilydd gwerth ei
halen, nid yw'r gynulleidfa'n ymwybodol
o'r gynhaliaeth mae'n ei rhoi. *Repertoire*
anhygoel – o fyd yr oratorio ac opera
i fyd canu pop – a'r nodau ganddo, i'r
demisemiquaver lleiaf, ar ei gof. Artist o
gerddor. Dan ei fysedd mae'r miloedd o
smotiau bach yn uno gyda'i gilydd i greu
darlun a chyfanwaith dwfn. Crefftwr
meistrolgar. Ni chlywyd unrhyw beth
tebyg yn hanes cyfeiliant piano yng
Nghymru erioed o'r blaen. Sut mae mesur
ei gyfraniad? Un gair: athrylith.

vi

Corneli

Y gornel honno yn y ffordd, yr un a fyddai'n llyncu Imp bach glas Anti June, oedd diwedd y byd. Hyd fan 'na, a dim pellach, o'n i'n cael mynd ar fy meic, neu am dro gyda'r pram a'r ddoli. Mynd ar fy mhen fy hunan. Roedd Yvonne drws nesa yn cael mynd ymhellach – yr holl ffordd rownd y gornel a lawr at y bocs posto coch. Ar ei phen ei hunan.

Roedd Yvonne drws nesa'n cael bod yn Frownie hefyd, a Mrs White – a oedd yn byw rownd y gornel – oedd y Brown Owl. Dyna beth od, meddyliais droeon, fod Mrs *White* yn *Brown* Owl. Pam ddim *White* Owl? Ond doeddwn i ddim yn cael bod yn Frownie oherwydd y busnes am y llw i'r cwîn. Ac roeddwn i ishe gwisg y Brownies yn ofnadwy. Y ffrog frown a'r sgarff felen. A'r bathodynnau. 'Na drueni fod y cwîn yn hen fenyw mor gas. Oni bai am y cwîn bysen i'n cael bod yn Frownie fel Yvonne drws nesa. Roedd Yvonne drws nesa hefyd yn cael gwisgo ffrog hir wen ar Corpus Christi am ei bod hi'n Gatholig. Doedd y cwîn ddim yn Gatholig, ond roedd y pab yn Gatholig, ac achos y pab doeddwn i ddim yn cael gwisgo ffrog hir wen fel ffrog briodas a cherdded ar hyd St Mary Street yn bert i gyd. Roedd Yvonne, felly, yn cael bywyd braf. Roedd hi'n cael bod yn Frownie, yn Gatholig ac yn cael mynd rownd y gornel draw ar ei phen ei hunan.

Rownd y gornel honno roedd ffordd lydan a thai mawr naill ochr a choed ceirios hardd yn bwrw conffeti bob mis Mai. Roeddwn i am briodi ym mis Mai er mwyn cael mynd rownd y gornel mewn cart a cheffyl a gweld y coed ceirios yn taflu eu petalau yn gusanau pinc arna i. Doedd gen i ddim wyneb nac enw i unrhyw ŵr, dim ond ffigwr ar fy mhwys. Ond roeddwn i'n gweld y ffrog yn glir. Roeddwn i'n mynd i fod mewn ffrog debyg i un brenhines y tylwyth teg a oedd ar glawr y llyfr storïau wrth ochr y gwely. Roedd hwn yn llyfr llawn lledrith. Wrth symud y llyfr yn ôl ac ymlaen o dan olau'r lamp byddai'r frenhines fach yn chwifio'i ffon hud, ond er i mi grafu'r rhychau bach, bach ar hyd wyneb y clawr, doedd dim modd ei thynnu hi o'na.

Roedd cornel arall ar ben arall y stryd. Roedd gen i hawl i fynd rownd honno. Nid cornel go iawn oedd hi, ond tro. Tro yn y ffordd a bola mawr o bêfment a fyddai'n arwain at y ded-end. 'Cýldisac' fyddai mam Yvonne yn ei alw. Ded-end o'n i'n ei alw. Ac am ei fod e'n ded-end, ac er gwaetha'i enw arswydus, o'n i'n cael mynd i fan 'na.

A rhwng y ddwy gornel hyn – yr un waharddedig a'r ded-end – byddwn yn chwarae byd-tu-fas fy mhlentyndod. Mynd ar y beic. Gwthio'r pram. Galw 'da Yvonne. Chwarae yn yr ardd. Gwneud sent. Claddu. Claddu pysgod aur, claddu adar, claddu mwydod. Roedd chwarae angladdau yn gêm dda.

Ac weithiau, byddwn i'n mynd am dro gyda Dad. Heibio i'r gornel ar waelod y stryd. Heibio i'r coed ceirios. Heibio i'r bocs posto coch. Dros bont y rheilffordd. Heibio i'r ffordd fawr a'i hisian a'i hofn. Dros bont y dŵr. Heibio i'r tai mawr a'r fflatiau crand. Hyd at Gaeau Llandaf a'r afon. Weithiau byddwn i'n mynd â bara i fwydo'r elyrch. Weithiau byddai elyrch yno.

Roedd stori am alarch yn y llyfr gyda'r frenhines yn styc yn y clawr.

vii

Tisian

Mis Mehefin. Dad yn torri'r borfa. Llygaid yn cosi, cefn llwnc yn cosi, trwyn yn cosi, ac arogl porfa mor fendigedig.

Teimlo mil o hadau yn fy llygaid a'r rheiny'n gweiddi am gael eu cosi mas. Cosi, cosi, cosi. Llygaid fel jeli.

Tisian, tisian, tisian, mil o hadau ar gefn fy llwnc.

Dad yn fy nghario i'r tŷ. Dad yn cau'r ffenestri i gyd. Dad yn rhoi clwtyn oer dros fy wyneb.

Weithiau cael pilsen fach las a honno'n fy ngwneud yn drwm hyd at gysgu.

Cysgu'n drwm.

A deffro a'r tŷ'n llawn o sŵn nodau Dad.

viii

Bwrw Glaw

Ar ddiwrnodau glawog, pan fyddai pob gêm arall wedi colli ei swyn, byddwn i'n troi at ddarllen ac at edrych ar lyfrau. Roedd gen i lond tair silff o lyfrau mewn cwpwrdd arbennig â drysau gwydr a bwlyn gwydr wedi'i dorri'n wynebau mân, fflat, ac er mai lliw brown fyddai'r bwlyn o bell, o ddod yn agosach, gallech weld holl liwiau'r enfys ynddo. Doedd dim amheuaeth o gwbl gen i nad oedd y bwlyn hwn yn llawn lledrith.

'It's magic you know, Yvonne.'

'What do you mean, magic?'

'It's got a secret rainbow in it and a special treasure.'

'I don't believe you.'

Mater o farn yw credu.

Sebon

Yn y cwtsh dan stâr roedd tŷ bach, bach. Pan fyddech chi'n tynnu llinyn y golau byddai sŵn yn dod o rywle yn y nenfwd. Roedd basin molchi bach, bach yno. A thoilet. Y ddau yn lliw lemwn. Ar bwys y toilet roedd doli fach yn gwisgo ffrog lemwn a gwyn, ac o dan ei ffrog roedd rholyn sbâr o bapur tŷ bach. Yn y stafell molchi lan lofft roedd ci bach yn gwisgo sgert ddigon tebyg i'r ddoli fach hon. Ond glas oedd ei sgert e, am fod teils y stafell molchi'n las. Yng ngwythiennau bach glas y teils hyn roedd cywion bach yn cwato. Doeddwn i ddim wedi sylwi ar y cywion nes i Myng-gu eu dangos i fi ryw ddiwrnod. Ar ôl iddi hi eu dangos imi, doeddwn i ddim yn gallu gweld dim byd arall ond y cywion bach yn styc yn y teils. Roedd gan y ddoli lemwn yn y tŷ bach, bach lawr llawr sgidie bach plastig coch. Weithiau byddwn i'n tynnu'r sgidie bach plastig coch a'u rhoi ar fy mysedd a'u dawnsio nhw ar hyd fy nghoesau wrth eistedd ar y tŷ bach yn aros.

Yn y tŷ bach, bach yn y cwtsh dan stâr, dysgodd Yvonne fi sut oedd golchi dwylo'n iawn. Eu golchi a'u golchi a'u golchi nes eu bod nhw'n goch, goch â sbotiau bach gwyn.

Ond clywais i wedyn, mewn sibrwd rhwng Anti June a mam Yvonne, fod gan Yvonne 'ffobia'. Doedd hynny ddim yn beth neis. Ac wedyn ces i gomands i olchi fy nwylo yn yr hen ffordd – un sgwish o dan y tap, un troad o'r bar sebon ar gledr fy llaw, ac un sychad yn y lliain, a 'na ni. Neu falle cawswn i ffobia hefyd. Doeddwn i ddim ishe ffobia.

Ond roeddwn i ishe bod yn lân.

Roeddwn i ishe crwban hefyd. Yn fwy na dim.

x

Fel cyfansoddwr? Eto, unigryw. Mwy telynegol na Hoddinott. Mwy arbrofol na Grace Williams. Gwaith corawl ymhlith y mwyaf poblogaidd sydd gennym ni fel cenedl. Cyfryngwr sensitif geiriau ac alaw, a'r gynghanedd yn gwefreiddio bob tro.

Fel dyn? Cwbl egwyddorol. Cadarn ei ddaliadau. Cymro i'r carn.

Marchnad

Ac un bore Sadwrn ar ddiwedd yr haf, aeth Dad a fi ar y bws i'r dre. Roedd hi'n fore braf.

'Fares, please.'

Safodd y condyctor o'n blaenau, y peiriant a'r botymau bach yn crogi wrth felt lledr am ei ganol. Dad yn estyn yr arian cywir, a llaw fawr y condyctor yn gwasgu'r cyfuniad hud o fotymau bach, troi'r handlen a honno'n canu cloch fach – a'r peiriant yn cynnig dau docyn. Un pinc golau i fi ac un gwyrdd i Dad.

'There you goes, my lovely.'

A chyn pen dim, o'm sedd flaen ar y llawr uchaf, roeddwn i wedi gyrru'r bws yr holl ffordd nes cyrraedd y tu allan i'r castell, ac yn edrych lawr ar y creaduriaid hyll a oedd wedi'u troi'n garreg wrth geisio dianc o sw rhyfeddol Bute.

'O'dd e'n bert 'te, Dad?'

'Pwy?'

'Biwt?'

'Y Marquis?'

'Ie, Marcwis Biwt.'

'Na. O'dd e'n rhy gyfoethog i fod yn bert.'

''Na beth od.'

Roedd 'biwt' mor debyg i 'biwti'. Biwti and ddy bîst.

'Bîst o'dd yr un salw?'

A chyn disgwyl ateb,

'Ga i ganu'r gloch?'

'Cei. Glou!'

Canu'r gloch a gwylltu lawr y stâr cul tu ôl i Dad a mas i ganol sgidie'r dyrfa ar y pêfment llydan.

Croesi ar gornel siop fawr Evan Roberts, a'r traffig ar Heol y Frenhines yn fraw. Lawr at y darn lle mae'r reilings du rhwng dwy ardd. Gwrthod yn lân â cherdded dros y beddau dan draed, a chael reid ar sgwyddau Dad, heibio i'r dyn yn dal mwncïod mewn cardigans lemwn tebyg i ffrog y ddoli yn y tŷ bach, bach, a mewn o'r haul i dywyllwch y farchnad fawr.

Arogl pysgod yn gryf. A'r llawr yn wlyb dan draed Dad. Ond fentrwn i ddim edrych yn hir, roedd hi'n rhy bell lawr o sgwyddau Dad. Stondinau rhubanau a botymau a defnyddiau a losin a lliwiau.

'Nawrte, Miss. Rhaid i ti gerdded o fan hyn.'

Cael fy ngollwng yn ofalus i'r llawr llwyd, ac wrth lithro'n araf oddi ar ei sgwyddau llydan, llosgi tu mewn fy nghoesau ar frethyn garw siaced Dad. Dal ei law, ac anelu am y stâr. Cyfri. Roedd hi'n gwbl amhosib dringo unrhyw risiau o bwys heb eu cyfri. U-un, da-au, tri-i, ped-war, pu-ump, chwe-ech, sa-aith, wy-yth, na-aw, de-eg ac yn y blaen, yr holl ffordd i ddau ddeg pedwar ac i'r top.

Roedd yr arogl lan lofft yn wahanol. Arogl blawd llif a bwyd adar, arogl gwelyau gwellt. A sŵn. Trydar. Oni bai fy mod i'n gwybod mai fan hyn oedd cartref y crwbanod, ac oni bai fy mod i bron â marw ishe crwban, buaswn i wedi hen droi nôl. Gyda fy llaw rydd, es ati i ddal yn dynn yn fy nhrwyn. A siarad. Roeddwn i'n hoffi clywed fy llais yn dod drwy fy nhrwyn. Siarad a chamu'n gyflym. Nid rhedeg yn hollol, ond gwneud dau gam am bob un o rai Dad.

Cyrraedd stondin y crwbanod. Methu credu fy llygaid! Roeddwn i wedi gweld crwbanod ar y teledu. Roedd gan *Blue Peter* grwban. Roeddwn i wedi gweld crwbanod mewn llyfrau. Ond doeddwn i erioed wedi gweld crwban 'rial laiff'. Ofn. Roedd gan y crwban ddwylo a thraed a gwddw hen, hen. Roedd pethau hen, hen, dieithr yn hala ofn arna i. Roedden nhw'n fregus. Pethau hen, hen fel y siwg ar seld Myng-gu, a phethau hen, hen fel Anti Eunice, chwaer Myng-gu, a weles i unwaith dan garthen o flaen tân mewn tŷ â llawr pridd a ford â lliain *chenille* a seidbord â grêps plastig.

Fe'm darbwyllwyd nad oedd y crwban yn hen. Cytunwyd ar bris. Bedyddiwyd y creadur yn Myfanwy. Ac fe gariwyd yr anifail anwes yn ei arafwch gosgeiddig mewn bocs sgidie a thyllau ynddo'r holl ffordd yn ôl i ddisgwyl y bws.

Doedd gen i ddim dewis y tro hwn. Roeddwn i'n methu cael reid ar sgwyddau Dad. Roedd yn rhaid iddo fe gario Myfanwy, yn ei bocs cardbord, yn un llaw. Yn y llall roedd fy llaw i. Bu'n rhaid i mi gerdded, felly, dros y beddau yn y llwybr rhwng y reilings du, draw am Evan Roberts ac am y bws.

Aeth hi'n ddadl fach wedi cyrraedd y tŷ. Roeddwn i am i Myfanwy fyw mewn tu fewn gyda ni. Roedd Dad yn dweud mai mas tu fas yn yr ardd y dylse hi fod. Ond roedd cathod drws nesa yn dod i'r ardd. Ac roedd hi'n oer yn yr ardd yn y nos. Dad enillodd. Felly mas tu fas y bu'n rhaid iddi fynd. Ac er mai fi oedd mam Myfanwy, ac er fy mod i'n gallu anwesu ei chefn llyfn â blaen fy mys, allwn i ddim am fy mywyd ei chodi, rhag ofn y byddai'n dangos ei hen draed a'i hen ddwylo a'i hen wddw eto. Cesglais ddail dant y llew iddi – nid y blodyn wrth gwrs, byddai hynny'n gwneud i mi wneud pi-pi yn y gwely. Dyna beth ddwedodd Yvonne, a dyna pam nad oeddwn i byth yn rhoi pishyn tair yn y casgliad, rhag ofn y byddai'r dant y llew ar gefn yr arian igam-ogam yn gwneud i mi wneud pi-pi yn yr Ysgol Sul.

Y noson honno ar ddiwedd yr haf hwnnw, cysgais yn drwm. Roeddwn i'n fam. I Myfanwy. Ac er gwaethaf pob ded-end a bedd ac angladd a henaint, doeddwn i ddim yn bwriadu marw.

Dyna beth oedd wedi digwydd i fy mam i.

A doedd hynny ddim yn beth neis.

2

Ymlaen

Ac ar y siwrne, ar hyd y llwybr, dangos i mi'r man lle gallaf ddiosg y geiriau i gyd, nes bod un yn aros, yr un a ddysgais unwaith tua dechrau'r daith, y tro cyntaf hwnnw, ac a gollais mor esgeulus wrth ddawnsio'n beryglus tua'r aber – dawnsio ynghynt na'r gwynt, ynghynt nag amser.

Gad i mi ei glywed eto, a'i gipio yn ôl o gyfrinach y golau, o sibrwd yr awel, o gusan y gwynt, o siarad y dŵr a'i lefen a'i chwerthin, o'r iaith sydd yn arogl y grug a'r eithin. O'r pridd.

Slough

Roedd y trên yn gwagio, ac roeddwn wedi dyfalu'n gywir am y dyn busnes ar fy mhwys. Doedd e ddim am fusnesan yn fy musnes i. Fodd bynnag, roedd ganddo un o'r ffonau newydd gwyrthiol hynny, a dechreuais feddwl fod gorfod clywed hanner sgwrs dyn dieithr yn waeth rywsut na gorfod cymryd rhan mewn sgwrs gyfan.

'I'm on the train, sweetie.'

Saib

'Yes.'

Saib.

'Not tonight.'

Saib.

'Must we?'

Saib.

'Tell them I can't.'

Twnnel.

'I'm on the train, honey.'

Rhyfedd. Oedd mêl a melys yr un peth? Ai'r un un oeddynt?

'Ladies and gentlemen, the train will shortly be arriving at Slough. Slough next stop.'

Hwianodd y gard ei gyhoeddiad dros gracls ei radio. Peth dwl yw'r iaith Saesneg hefyd. Slough, cough, though, through. Pa obaith? Fedrwn i ddim am fy mywyd gofio sut i sillafu rhai geiriau. Dim Saesneg na Chymraeg. Yn y dyddiau hynny, doedd neb yn ddyslecsig. Dim ond twp. A doeddwn i ddim ishe bod yn dwp, jyst am fy mod i'n methu sillafu'n dda iawn. Ac ar y cyfan, ddaeth neb i wybod am y broblem fach hon, heblaw, weithiau, byddai Mrs Roberts yn dweud ei bod hi'n synnu ata i, o bawb, pan fyddwn i'n drysu rhwng y llythrennau. Wyddwn i ddim pam 'fi, o bawb'?

O blith holl ddirgelion plentyndod, roedd sillafu'n un o'r rhai mwyaf dyrys. Sillafu a marw.

Slough – nid Slyff, chwedl Ryan. Ryan. Bu Ryan farw hefyd. Ddeuddeng mlynedd ar ôl Mam. Roedd Dad wedi adnabod Ryan.

Meddyliwch. Asthma.

iii

Y Fogfa

Roedd arna i ofn asthma. Roedd asthma yn nheulu Mam. Roedd asthma ar Anti June, chwaer Mam. Gwelais i hi unwaith yn dal yn ochr y seld ac yn tynnu ei hanadl a doedd hi ddim yn gallu dweud dim. Dim hyd yn oed a oedd hi'n iawn. Y tro hwnnw, rhedais allan at y lein ddillad, lle roedd Myng-gu yn hongian crysau Dad, a dweud wrthi hi i ddod yn glou achos fod Anti June yn marw. Rhedeg nôl i'r tŷ, a Myng-gu yn dod mor glou ag y gallai yn ei sgidie bach nefi a fi'n cael ordors i fynd i nôl hambag Anti June i mofyn y pwmp. Ond doeddwn i ddim yn gwybod beth oedd y pwmp. Felly des i â'r hambag i gyd, wedi drysu'n lân hyd at lefen. Ond roedd gormod o ofn arna i i adael y dagrau mas. Cael fy hala o'r gegin wedyn, a sefyll ar ben stôl er mwyn pipo mewn trwy'r crac yn yr hatsh rhwng y rŵm gore a'r gegin, i weld Anti June yn tynnu ar y pwmp bach glas. Druan o Anti June.

iv

Dechrau Ysgol

Arogl arbennig. Dechrau arbennig i ddiwrnod arbennig. Roedd Dad wedi codi'n gynnar ac wedi gwneud brecwast mawr i ni'n dau. Bacwn ac wy a bara saim a thost a marmalêd.

Roedd Anti June a Myng-gu wedi ffono neithiwr i ddymuno'n dda i fi gyda chyfarwyddiadau am y sgert a'r jwmper *bri-nylon* o'n i fod i wisgo i fynd. Ond roeddwn i wedi perswado Dad i adael i fi wisgo dillad Ysgol Sul – a doedd dim llawer o waith perswado ar Dad mewn materion fel hyn. Ffrog goch gyda chardigan goch â botymau buwch fach gota arni. Roedd gen i sgidie newydd o Clarks. Rhai brown gyda thafod a bwcwl a thyllau bach, bach yn y lledr ar y tu blaen. A sane gwynion. Roedd y ddwy eitem olaf yn anfoddhaol – y sane a'r sgidie. Roeddwn i wedi gobeithio cael sgidie du sgleiniog, ond doedd dim pâr yn y siop i ffito fy nhraed llydan – dim ond y rhai brown. Rhai brown yn gywir fel y rhai brown oedd gen i'n barod. Ac yn y dyddiau hynny, doedd hi ddim yn arferiad, neu o leiaf ddim gan Dad, i fynd i chwilio mewn siopau eraill. Yn Clarks: naill ai'r rhai brown neu ddim o gwbl. Gartref: naill ai'r rhai brown newydd, neu'r hen rai brown. Dyna'r dewis. Ac roedd yr hen rai brown yn gwneud dolur. Felly'r rhai brown newydd amdani. A'r sane. Am ryw reswm, doedden nhw ddim yn aros lan. A'r mwyaf o'n i'n eu tynnu at fy mhen-glin, mwyaf penderfynol oedden nhw o lithro lawr at fy mhigwrn. Nicyrs nefi. A fest.

A dyna ni. Roeddwn i'n barod i fynd i'r ysgol fawr yn adnabod neb heblaw am Meirwen Morris a Brian Jones a oedd yn arfer bod yn yr ysgol feithrin ond a oedd wedi dechrau yn yr ysgol fawr dymor o'm blaen i.

v

Cefais y fraint o ddod i adnabod Ifan
Gwyn yn y cyfnod pan oedd yn magu
plentyn ar ei ben ei hun. Gwaith anodd.
Gwaith a alwai am amynedd a gras
a chariad. Roedd Ifan yn meddu ar y
tri pheth hyn. Dyna rai o nodweddion
pennaf ei gymeriad. Byddai'n
ymfalchïo'n fawr yn llwyddiannau ei
blentyn. Merch fach. Heb os, hi oedd
cannwyll ei lygad. Anghofia i fyth alw
yn y cartref yn yr Eglwys Newydd y bore
cyntaf y dechreuodd ei ferch yn yr
ysgol. Roedd e'n betrus iawn, ond roedd
hithau, wrth gwrs, wrth ei bodd. Merch
siriol, gymdeithasol, er gwaethaf yr
ergyd o golli ei mam mor ifanc.
Teyrnged i ofal tyner Ifan . . .

Yr Iard

Ar y dechrau, roedd yr iard yn ddirgelwch. Pan ganai'r gloch roedd y sŵn yn codi a phawb yn rhuthro mas i'r iard. Byddai'r plant mawr yn dod dwmbwr-dambar lawr llawr, ac roedd sefyll ar waelod y stâr concrit a arweiniai at stafelloedd dosbarth y plant mawr yn beryg bywyd amser chwarae. Gwisgo cot. Mynd allan i fyd newydd.

Sefyll yn dynn wrth y biben sy'n arwain o'r bondo i'r llawr a gwasgu yn erbyn y wal. Teimlo'r gwynt am fy nghoesau. Dal gwaelod fy ffrog. Ofni yn fŷ nghalon y byddai'r gwynt yn codi'r ffrog a dangos y nicyrs nefi. Teimlo lwmpyn caled yn fy ngwddw. Gwylio'r bechgyn mawr yn chwarae rygbi. Y merched mawr yn chwarae rhyw gêm gyfrin gyda darn o lastig rownd pigyrnau dwy ohonynt ac un arall yn y canol yn neidio drwy batrymau dirgel. Gweld y goeden gastanwydden yn y pen draw pell, reit ar bwys y reilings sy'n gwarchod y plantos rhag y rheilffordd. Ac yn y pen draw agos, gweld y rhes o dai bach a'u drysau stabal. Astudio fy nhraed. Casáu'r sgidie brown synhwyrol. Astudio fy mhengliniau. Plygu i bigo crachen y cwt diweddaraf. Dyheu am i'r sane aros lan. Codi fy mhen a gweld bod y lastig wedi cyrraedd pengliniau'r ddwy ferch dal, a'r ferch yn y canol yn neidio'n uwch drwy'r patrymau cyfrin.

Syllu. Gwylio Miss James yn dal yn dynn yn ei mŷg o goffi, ei chardigan yn gorffwys dros ei sgwyddau a chylch o ferched llai yn ffys i gyd o'i chwmpas. Cloch arall yn canu. Plant yr ysgol gyferbyn yn llifo allan drwy'r drysau glas. Plant ein hysgol ni yn rhedeg at y wal a wahanai'r ddwy iard. Rhai yn gweiddi 'Inglîs'. Yr Inglîs yn gweiddi 'Welshîs' nôl. Miss James yn chwythu chwiban. Y 'Welshîs' yn gadael yr 'Inglîs' i fod. Cloch yn canu. Pawb yn diflannu.

Aros.

A rhedeg ar draws yr iard i guddio tu ôl i'r goeden a gwylio'r trenau'n mynd a dod a chlywed yr Inglîs yn y pellter a'u chwerthin yn swno fel crio gwylanod ar y gwynt.

vii

Stŵr

Roedd Miss James yn grac. Roedd hi'n grac iawn. Mor grac nes y bu rhaid iddi fynd i siarad gyda Miss Edwards i weld beth fyddai'n digwydd i fi. Roedd Miss James wedi gofidio'n ofnadwy amdana i. Roeddwn i wedi achosi poen meddwl i Miss James. Roeddwn i'n ferch hunanol iawn. Doeddwn i ddim wedi dod nôl i'r dosbarth run pryd â phawb arall. Roeddwn i'n ferch ddrwg. Mor ddrwg nes bod pawb yn y dosbarth yn edrych arna i. Mor ddrwg nes bod rhaid i fi sefyll o flaen pawb yn y dosbarth a mhen i lawr tra bod Miss James yn mynd i siarad gyda Miss Edwards. Gallwn weld byddinoedd o sgidie o dan y desgiau ar y llawr pren. Sgidie brown fel fy sgidie i gan fwyaf. Ac yn eu plith, un pâr o sgidie coch sgleiniog. Ac yn arwain o'r sgidie coch sgleiniog yr holl ffordd at ganol pen-glin eu perchennog roedd pâr o sane gwynion. Doeddwn i ddim wedi dysgu enw neb yn y dosbarth eto, heblaw am un enw. Siân Evans. Sgidie a sane Siân Evans oedd y rhain.

Ond roeddwn i wedi bod yn ddrwg. Mor ddrwg nes bod Siân Evans wedi rhoi ei llaw o flaen ei cheg a nawr roedd hi'n sibrwd yng nghlust y ferch drws nesa ati, ac er bod ei phen yn wynebu'r ferch drws nesa, roedd ei llygaid mawr glas yn syllu arna i yn llawn cywilydd. Dyna pa mor ddrwg oeddwn i. Rhy ddrwg i fentro plygu i geisio codi fy sane am y canfed tro. Mor, mor ddrwg nes bod yn rhaid i Miss

James fynd adre heno i benderfynu beth fyddai'r peth gorau i'w wneud.

Roeddwn i, ar y llaw arall, eisoes wedi penderfynu beth fyddai'r peth gorau i'w wneud.

Bola Tost

Am yr ail fore'n olynol, gallwn glywed yr arogl cig moch o'r stafell wely. Clywed Dad yn estyn llestri, agor a chau'r oergell. Clywed y radio. Clywed Dad yn galw'r tri nodyn cyfarwydd. Ang hâr ad. Gorweddwn fel corff o lonydd. Dim symud. Dim na throed na bawd na bys. Roeddwn i'n glaf.

'Ang hâr ad!'

Dim smic nawr.

'Ang hâr ad?'

Dim siw na miw.

'Ang hâr ad! Dere glou. Ma brecwast yn barod.'

Doeddwn i ddim ishe gweiddi nôl. Roeddwn i ishe i Dad ddod yr holl ffordd lan lofft ac i'm hystafell. Roedd rhaid iddo weld â'i lygaid ei hunan pa mor dost o'n i. Rhy dost i ateb ei alwad. Rhy dost i godi. Rhy dost o lawer i fynd i'r ysgol.

O'r diwedd. Sŵn troed ar y styllen ar dop y landin.

'Angharad,' meddai'r llais tyneraf wrth i'r dwylo mawr agor y drws led y pen, 'beth sy'n bod?'

'Bola tost.'

'Gad i fi weld.'

A dyma un llaw fawr yn dal yn fy nhalcen a'r llall yn gwasgu mola fan hyn a fan draw. A finnau'n dal fy anadl gan astudio'i wyneb i weld beth fyddai'r diagnosis. A jyst rhag ofn nad oedd y bola tost yn ddigon tost, dyma ychwanegu'n glou –

'A ma bys tost 'da fi 'fyd . . . dost, dost.'

'O diar.'

Saib.

'Dim ysgol i ti 'te.'

Mor hawdd â hynny! Prin y gallwn guddio fy llawenydd. Roeddwn i am neidio allan o'r gwely a chofleidio Dad. Ond fentrwn i ddim. Roeddwn i'n dost. Yn dost iawn. A dyw pobl dost ddim yn neidio o gwmpas.

Clywed Dad yn ffonio'r ysgol ond fedrwn i ddim gwneud na phen na chwt o'i sgwrs er gwaetha'r clustfeinio astud. Ac ar ôl aros yn llonydd am gyfnod a deimlai'n ddigon hir, dyma fentro codi. Hwrê. Roedd y cynllun wedi gweithio. Doeddwn i ddim ishe bod yn ferch ddrwg. A doeddwn i ddim ishe mynd i'r ysgol. Roedd hi'n well gen i aros adre a chwarae ysgol. A dyma osod y tedis a'r doliau yn dwt ar y gwely a dechrau ar y gwersi.

'Twt! Twt!' meddwn gan bwyntio at Glynis y ddoli hyll gyda'r gwallt gwlân. 'Hen ferch fach ddrwg wyt ti! Drwg, drwg. Mor ddrwg nes y bydd rhaid i fi aros tan bore fory i weld beth fydd dy gosb di. Rwyt ti wedi gwneud dolur mawr i fi. Hala poen meddwl arna i. Hen ferch ddrwg.'

Ac wrth fy mod i'n hebrwng Glynis allan o'r stafell, yn awdurdod i gyd, i'w rhoi yn alltudiaeth ei chywilydd ar y landin, beth welais i tu allan ond pâr o sgidie brown mawr. Dad.

Cydwybod

Y noson honno gorweddais am yn hir, hir yn methu'n deg â mynd i gysgu. Roedd y cwpwrdd dillad ar draed y gwely'n mynnu tyfu'n fawr ac yn nes ac yn fach ac ymhell a mhen i'n llawn o'r gyfrinach newydd. Roedd Dad wedi rhoi enw ar y llais bach tu mewn i mi. Y llais bach sydd wedi bod yn siarad gyda fi bob dydd. Y llais bach sydd wedi bod yn gwmni da tan ddoe. Y llais bach sydd tan ddoe wedi bod yn debyg iawn i fy llais i, ond llais sydd nawr wedi penderfynu troi i fod yn debyg i leisiau pob math o bobl eraill hefyd. Llais sydd y tu mewn i mi, ac ar yr un pryd, y tu allan i mi. Llais sy'n llygaid. Llais sy'n gwylio. Llais sy'n siarad.

Enw'r hen lais bach hwn, meddai Dad, yw 'cydwybod'.

Hen enw salw, caled, cas.

Mae gan Dad gydwybod. Weithiau mae cydwybod Dad yn ei gadw fe ar ddihun.

Hwn yw'r llais fydd yn dweud wrthyf i bob tro bydda i bron â gwneud rhywbeth o'i le o hyn mas.

Ond, os bydda i'n gwrando ar y llais bach busneslyd hwn, bydda i'n osgoi gwneud dim byd o'i le. Ac wrth osgoi gwneud dim byd o'i le, bydda i'n osgoi gorfod sefyll o flaen y dosbarth, ac yn osgoi llygaid cyhuddgar Siân Evans, ac osgoi stŵr gan Miss James. Ac yn fwy na dim, osgoi siomi Dad. Doedd Dad ddim wedi cael dolur na phoen meddwl fel Miss James. A doedd e ddim wedi gweiddi fel hithau

chwaith pan glywodd fy mod i wedi aros ar yr iard
ar ôl i'r gloch ganu. Roedd beth oedd wedi digwydd
i Dad yn llawer gwaeth.

Roedd Dad wedi cael siom.

Perchen

Roedd gan Yvonne fam a ffobia. Roedd gen i grwban a chydwybod. Doedd Yvonne ddim yn gwybod mod i'n gwybod fod ganddi ffobia. Tybed oedd hi'n gwybod fod gen i gydwybod? Tybed oedd gan bawb gydwybod?

Ond roeddwn i'n gwybod i sicrwydd na fyddwn i'n mentro'i holi. Rhag gorfod cyfaddef fod gen i un. Roeddwn i wedi penderfynu cadw'r gydwybod hon yn gyfrinach, a cheisio'i stwffo hi a'i lleisiau i gyd i'r un man â marw Mam. Yn rhywle pell, pell o'm talcen. Rhywle mor bell yn ôl â'r *bobble* ar gorun fy mhen. Rhywle digon pell o'r darn hwnnw o'm calon sydd weithiau yn fy stumog.

xi

In those years, there were certainly periods when Gwyn appeared to be a very troubled man. No wonder – the death of a partner at such an early stage in one's life is bound to leave a scar. That, and the burden and responsibility of raising a young daughter, all alone.

Te

Roedd awr fy nghywilydd wedi hen fynd yn angof i bawb ond fi, ac roeddwn i wedi gwneud ffrindiau gyda phawb yn y dosbarth. Yn cynnwys Siân Evans. Doeddwn i ddim yn hoff iawn ohoni. Doedd neb yn hoff iawn ohoni. Ond roedd pawb yn esgus bod yn hoff ohoni. Roedd ganddi gymaint o bethau. Mair oedd fy ffrind gorau i. Roedd Mair yn dwt. Yn grwn ac yn dwt. Ac yn wên i gyd. Roedd Mair yn dweud 'hidia befo' achos roedd mam Mair yn dod o'r gogledd. Pan fyddai Mair yn chwerthin byddai dau bant yn ymddangos yn ei bochau. Roedd Mair yn gwybod sut i wneud plethen ac yn dod â chrib a sleid a *bobble* i'r ysgol bob dydd i drin fy ngwallt i. Roedd Mair hefyd yn gwybod sut i gadw sane rhag llithro lawr at y pigwrn. Y cyfan oedd ei angen oedd dau ddarn bach o lastig wedi'u gwinio'n gylch a chuddio'r rhain o dan ddarn top yr hosan. Dyma Mair yn dod â dau yn anrheg i fi. Mae'n wir eu bod nhw'n gwneud dolur ac yn gadael ôl coch ar fy nghoesau – ond roedden nhw'n werth pob aberth.

Roeddwn wedi dod i arfer byw gyda'r cwmni newydd annymunol hwnnw hefyd. Cydwybod. Roeddwn i'n clywed ei lais weithiau, ac weithiau roeddwn i'n gwrando amdano. Un diwrnod pan oeddwn i'n chwarae gyda Myfanwy, yn ei gwylio'n gwneud dim rhwng chwyn a blodau'r ardd gefn, rhoddais y llais ar brawf. Beth alla i 'i wneud sy'n ddrwg? Beth am fynd draw at ymyl y pwll tywod lle mae Carwyn James, y pysgodyn aur, wedi'i gladdu, a chrafu'r pridd i weld a yw e'n dal yna?

Ac wedyn, dyma sylweddoli nad un cyngor sy gan gydwybod. Ond dau. Neu dri. Ac i bob cyngor, fod llais gwahanol, a phob llais yn dweud rhywbeth gwahanol. Mae'n rhaid i gydwybod gael deialog.

Cynghorai ambell lais: 'cer mlaen', ac ambell un arall: 'paid'.

A dyma sylweddoli ymhellach nad fy llais i oedd yr un ohonynt. Nid yn hollol. Yn fy llais i siaradodd y syniad o fynd i grafu'r pridd yn y lle cyntaf, ond nid fy llais i oedd yn fy atal ac yn fy annog. Cafodd Carwyn James orwedd yn llonydd.

Doeddwn i ddim ishe clywed lleisiau pobl eraill yn fy mhen.

Ces i wahoddiad gan Mair i ddod i de. Ac un diwrnod, ar ôl ysgol, ces i fynd adref yng nghar mam Mair a chwarae yn nhŷ Mair nes i Dad ddod i'm casglu.

Roedd Mair yn byw yn Rhiwbeina. Roedd Rhiwbeina yn bell. Ac yn Rhiwbeina roedd rhesi a rhesi o dai a phob tŷ yn edrych yn union yr un peth. Rywsut neu'i gilydd, roedd mam Mair yn gwybod pa dŷ oedd eu cartref nhw. A throdd y car bach i mewn i'r dreif. Roedd tŷ Mair yn rhyfeddod. Roedd mor, mor, mor daclus. Carped hufen ym mhobman, heblaw am y gegin, lle roedd carped glas ar y llawr a llond bwrdd o ddanteithion yn disgwyl amdanon ni.

Cyn mynd at y bwrdd, roedd rhaid golchi dwylo. Roeddwn i wedi gwylio Mair yn golchi ei dwylo yn yr ysgol ar ôl gwersi peintio a heddiw eto sylwais yn ofalus arni'n cyflawni'r gorchwyl. Roedd hi a fi'n golchi'n dwylo yn debyg. Roeddwn i'n falch nad oedd gan Mair ffobia. Roeddwn i'n gobeithio na chawn i byth ffobia.

Ac at y bwyd. Brechdanau *cress* a brechdanau jam. A chacennau bach gyda bisgïen ar y gwaelod a fflwff gwyn yn y canol a haenen o siocled dros y cyfan. *Marshmallows*. A'r enw mor feddal â'r peth ei hunan. Ac o'r botel Alpine Pop yng nghanol y bwrdd, ces i lond gwydraid plastig lliwgar o sudd melys pefriog, a hwnnw'n mynnu anfon ei swigod i fyny nhrwyn nes mod i'n ddagrau ac yn chwerthin i gyd.

Ar ôl te, dyma gael mynd i stafell wely Mair. Roedd hon yn binc ac yn baradwys. Roedd ganddi ddwy Sindy a phob math o offer i ddodrefnu bywyd-gwneud y ddoli denau: car, tŷ bach, wardrob, ceffyl, dillad ar hangeri, crib bach, bach, a stafell molchi gyda sychwr gwallt . . . a sgidie. Sgidie o bob lliw a llun.

'Sgin ti gyfrinach?' gofynnodd Mair gan sibrwd.

Teimlais fy hunan yn mynd yn oer ac yn dwym. Oedd, roedd gen i gyfrinach. Ond roedd hi'n gymaint o gyfrinach nes mod i'n ofni cyfaddef, nid yn unig y gyfrinach, ond fod gen i gyfrinach o gwbl. Dewisais chwarae'n saff.

'Pam?' gofynnais yn dawel bach.

'Ma gin i un,' meddai Mair.

Ond roeddwn i'n gwybod, er gwaethaf yr olwg ddifrifol ar ei hwyneb fod Mair yn falch o'i chyfrinach hi. Roedd ei llygaid yn gyfuniad o bendantrwydd a difrifoldeb a llawenydd. Dim ond diflastod fyddai yn fy llygaid i wrth feddwl am fy nghyfrinach i.

'Ty'd mlaen, siŵr iawn fod gin ti gyfrinach.'

Sŵn allwedd yn y drws lawr llawr. Daeth tad Mair adref o'r gwaith mewn siwt. Gwaredwr.

'Ty'd i ddeud helô wrth Dad,' galwodd mam Mair, a dyma'r ddwy ohonom yn gadael ein chwarae i ddod i'r gegin i ddweud helô.

'John, dyma Angharad. Ffrind fach Mair. Hogan Ifan Gwyn.' Ac ar ôl saib bach, ychwanegodd, 'Hogan Ifan Gwyn y cerddor.'

A gyda hynny, daeth Ifan Gwyn i guro ar y drws yn Rhiwbeina a dod â'r chwarae i ben.

Yn y car ar y ffordd adre, gofynnais i Dad a oedd gan bawb gyfrinach. Doedd Dad ddim yn gwybod yn siŵr a oedd gan bawb gyfrinach, ond roedd e'n meddwl, mwy na thebyg, fod. Gofynnais wedyn beth yn union oedd 'cyfrinach'. Dwedodd e mai rhywbeth nad oeddech chi ishe i bobl eraill ei wybod oedd cyfrinach. Roeddwn i'n meddwl mai dyna beth oedd cyfrinach. Ac yna, dwedodd Dad mai rhyw wirionedd oedd cyfrinach.

'Beth yw gwirionedd?' holais i wedyn.

'Rhywbeth gwir,' atebodd.

'Dweud y gwir sy'n dda bob amser,' sibrydodd llais Mrs Lloyd, Ysgol Sul, o du mewn fy mhen ac yn fy nghlust.

'Mae'r gwir yn beth da, on'd yw e?' gofynnais.

'Odi,' atebodd.

'Odi cyfrinach yn beth da?'

'Mae'n dibynnu.'

Doeddwn i ddim yn deall yn hollol. Roedd Dad wedi dweud mai cyfrinach oedd y gwir.

'Ond so chi fod i weud cyfrinach, odych chi Dad?'

Ac rwy'n cofio bod Dad wedi aros yn hir cyn ateb yn bwyllog:

'Ar y cyfan, mae'n well peidio.'

Ches i erioed wybod beth oedd cyfrinach Mair. Dwi ddim yn meddwl bod ganddi gyfrinach go iawn. Esgus oedd hi.

Chafodd hi byth wybod beth oedd fy nghyfrinach i.

xiii

Absent-minded? Why yes, I suppose he was. But kind. Such kind eyes.

Te Parti

Roedd mynd i de yn wahanol i fynd i barti. Roedd mynd i de yn wahoddiad personol rhwng dwy gyfeilles. Mater o raid a mater o falchder oedd cael a derbyn gwahoddiad i barti. Roedd bron pawb yn y dosbarth yn cael gwahoddiad i barti bron pawb arall yn y dosbarth. Roeddwn i'n hoffi mynd i de at Mair. Roeddwn i'n casáu mynd i barti. Roeddwn wedi bod i ambell un erbyn hyn a phob un wedi bod yn brofiad diflas. Roeddwn i'n casáu chwarae Musical Chairs, ac yn fwriadol yn colli'r gadair yn y rownd gyntaf fel fy mod i'n cael eistedd allan ar y llawr a gwylio'r lleill am weddill y gêm. Roeddwn i'n casáu chwarae Pass the Parcel, ac yn taflu'r pecyn mor glou ag y gallwn er mwyn osgoi gorfod tynnu'r papur o flaen pawb. Roeddwn i'n casáu Pin the Tail on the Donkey yn fwy na dim, oherwydd roedd gen i ofn y sgarff – ofn methu gweld, ac ofn ei arogl. Mwg tybaco, sent, tamprwydd. Roeddwn i hefyd yn casáu fy ffrog.

Yn y dyddiau hynny, un ffrog barti oedd gan bawb, pawb heblaw am Siân Evans. Roedd Myng-gu wedi cael gafael mewn ffrog barti i fi, a rywsut, doedd hi ddim yn iawn. Doeddwn i ddim yn gwybod pam yn union, jyst yn gwybod ei bod hi'n rong. Roedd y llewys ar siâp dwy falŵn dros fy sgwyddau – ac roedd y rhuban rownd fy nghanol yn y lle rong. Roedd rhuban ffrog pawb arall yn nes lan. Roeddech chi hefyd yn gallu gweld fy fest dros dop y ffrog yn y darn blaen. Yn waeth na dim, i guddio'r ffaith fod y ffrog yn hen a fy mod i'n dalach na'i pherchennog blaenorol, roedd Myng-gu wedi tynnu'r hem ac wedi gwinio *bias binding* igam-ogam dros y llinell wen lle roedd yr hem yn arfer bod. Roedd mam Doris Rees wedi gwneud yr un tric, a doedd Doris Rees ddim yn cael gwahoddiad i barti pawb.

Roedd rhywbeth o'i le ar y sgidie brown hefyd.

xv

Capricious perhaps. Not exactly gregarious. Sometimes quite a private man, sometimes quite open. Sometimes he used to attend social gatherings with an air of reluctance, sometimes as the life and soul of the party.

xvi

Saith Mlwydd Oed

Roedd Myng-gu wedi penderfynu. Hi ac Anti June.
Doedd dim dewis yn y mater. Roedd rhaid i mi gael
parti pen-blwydd.

'Bydd rhaid iddi, Ifan.'

'Pam?' clywais Dad yn holi'n dwp.

'Wel, chafodd hi ddim parti pedair, na pharti
pump, na chwech, a wir i ti, Ifan bach, fe fydd hi'n
dechrau cael ei gadael mas o bethau os na chaiff hi
barti 'leni 'to.'

'Ond dyw hi ddim moyn parti, June.'

'Wel, Ifan, dy jobyn di yw ei pherswado hi 'i bod
hi. Gad y cwbwl arall i ni.'

Drwy'r crac yn yr hatsh rhwng y gegin a'r rŵm
gore gallwn glywed y sgwrs. Druan ohonof i. Roedd
Anti June yn medru bod mor benderfynol. Druan o
Dad. Er mai dim ond amlinell y ddrama a welwn
drwy'r crac, roeddwn i'n gallu gweld un peth yn
hollol glir – nid oedd gan Dad na fi fawr o ddewis . . .
a ta beth, pe bawn i'n hollol onest, roeddwn i'n rhyw
hanner ishe parti. Hanner ishe. A hanner ddim.
Hanner o blaid oherwydd roedd rhai, yn wir, wedi
dechrau sôn a holi a sibrwd a dweud ei bod hi'n od
nad oeddwn i wedi cael parti erioed, a hanner yn
erbyn oherwydd doeddwn i ddim yn meddwl fod
Myng-gu ac Anti June, ac yn sicr ddim Dad, yn
gwybod yn iawn beth oedd ei angen mewn parti.

Ond mi aeth hi'n weddol. Roedd digon o fwyd.
Dim bwyd parti go iawn, wrth gwrs. Ham cartref a

bara brith a thomatos gan fwyaf. Ac un daten fawr fel draenog wedi'i lapio mewn papur arian gyda chaws a sosej ar bigau bach. Dim sôn am y bisgedi cylch gyda'r eisin lliw a'r twll yn y canol, na'r rhai bitw bach gyda'r eisin yn belen fach ar y top. Dim *marshmallows* meddal. Ond roedd balŵns ym mhob man, ac fe gafwyd dau uchafbwynt.

Y cyntaf oedd yr helfa drysor o gwmpas y tŷ a'r ardd yn arwain at Myfanwy, a oedd, drwy ryw ryfeddod, yn gwisgo'r rhif 7 wedi'i beintio ar ei chragen sgleiniog. Fi oedd yr unig un yn y dosbarth a oedd yn fam i grwban. Roedd hyn yn fy ngwneud i'n sbesial, am fod pawb ishe crwban, nes i Siân Evans weld gwddw a choesau Myfanwy a dechrau llefen, a hala pawb arall i lefen a dweud eu bod nhw ishe mynd adref.

Yr ail oedd gêm Mr Blaidd. Yn un pen i'r stafell fyw roedd Dad ar ei bedwar yn gwisgo sgarff am ei lygaid. Yn y pen arall roedden ni'r merched i gyd, hefyd ar ein pedwar, yn esgus bod yn ŵyn. Ar ôl gofyn 'Faint o'r gloch, Mr Blaidd?' roedd rhaid disgwyl am ateb, a chripian ymlaen gyda'r nod o gyrraedd pen draw'r stafell heb gael eich bwyta gan Dad – neu, yn hytrach, gan Mr Blaidd. Roedd pawb yn gwbl ddiogel tan y byddai Mr Blaidd yn ateb 'Amser cinio'. Dyna'r geiriau a fyddai'n arwydd i Mr Blaidd ruo ar hyd y stafell gan symud ei bawennau blaen i'r dde ac i'r chwith yn y gobaith o ddal ei ginio.

Roedd y carped neilon brown yn llosgi pob cwt ar bob pen-glin, ond yn y dolur hwn, y sgrechen a'r gweiddi a'r ofn, roedd y pleser.

Ac erbyn meddwl, doedd y blaidd arbennig hwn byth yn dal neb.

Druan o Dad.

Aeth pawb adref. Roedd Anti June a Myng-gu wedi deall bod angen rhoi anrheg yr un i bawb. Roeddwn i wedi gobeithio rhoi pensiliau lliw a phad o bapur fel y gwnaeth Mair ar ddiwedd ei pharti hi, ond roedd gan Myng-gu syniad gwell. Paced yr un i bawb o'r creision newydd Salt 'n' Shake. Lle roedd rhaid i chi bysgota rhwng y crisps am yr amlen fach las a thaflu'r halen oedd ynddi dros eich tato, yn lle prynu pecyn gyda halen ar y tato'n barod. Roedd hwn yn rhyw fath o 'trît'.

Es i'r gwely'r noson honno'n teimlo rhyddhad. Gallai fod wedi bod yn llawer gwaeth. Gallai hefyd fod wedi bod yn well.

xvii

He doesn't seem to party much now,
but when he did, in his younger years,
he would invariably find the piano,
and play. He would also enjoy a
drink. No beer. Just red wine. And
later, sometimes whisky. And let's not
forget his pipe. He would also be
permanently attached to his pipe. Or
rather, his pipe to him. Though one
can never be quite sure about the
order of the relationship between
these two things. Himself and his
pipe. No more than one can ever be
sure of the exact nature of the
relationship between any two things.

xviii

Gwin a Chaws

Roedd partïon y bobl fawr yn sicr yn waeth na phartïon plant, er nad oedd disgwyl i neb chwarae Musical Chairs na Pass the Parcel. A rywsut, ar y cyfan, ro'n i'n teimlo nad oedd Dad wir ishe mynd i'r partïon hyn ryw lawer. Fi fyddai'r unig blentyn, bron yn ddieithriad, a byddai hyn yn denu llawer iawn o ffys. Weithiau byddwn i'n eithaf mwynhau bod yng nghanol y fath sylw. Weithiau ddim. Y peth gorau am bartïon Dad oedd dillad y menywod a chael yfed sgwash drwy welltyn.

Mwg. Mwg baco pib, mwg sigarét, mwg sigâr.

Roedd patrwm y partïon o hyd yr un peth. Mynd ar goll rhwng coesau pobl. Ffeindio'r bwrdd bwyd. Rhywun yn fy ffeindio i. Ffeindio'r piano. Agor yr hambag bach oren sgleiniog a ddeuai gyda mi i bob parti. Tynnu llyfr allan. Eistedd o dan yr offeryn a darllen, gan wybod, yn hwyr neu'n hwyrach y byddai Dad yn dod at y piano.

Ar yr adegau prin pan fyddai gan y bobl oedd yn cynnal y parti blant, byddai'r plant hynny'n cael comands i fod yn neis wrtha i, ac yn dod i ofyn i fi chwarae gyda nhw. Roeddwn i'n casáu hynny. Yn enwedig os oedden nhw'n blant mawr.

Y tro gwaethaf oedd mewn tŷ mawr yn y Fro. Tŷ llawn Saesneg a phlant mawr.

'Take Angharad out, darling,' meddai'r fam wrth ferch o'r enw Jaynie. 'I'm sure she'd love to explore the playroom.'

Edrychais yn ymbilgar ar Dad. Roedd y geiriau *darling, explore* a *playroom* wedi codi ofn arna i.

'Bant â ti nawr, fydda i fan hyn os ti moyn fi.'

A chyn i mi allu protestio, roedd Jaynie yn fy nhynnu allan i'r tywyllwch ac ar hyd rhyw lwybr bach i ben yr ardd.

Roedd criw o blant wedi ymgasglu yno'n barod. Plant mawr.

'What's your name?'

Roeddwn i'n gwybod beth i'w ddisgwyl.

'Angharad.'

'An' grenade?'

'You angry what?'

'Leave her alone,' meddai Jaynie, 'it's a lovely name. Proper Welsh.'

Ond roeddwn i'n gwybod yn iawn ei bod hi'n meddwl ei fod e'n enw sili.

'What do people call you?' meddai wedyn.

Roeddwn i'n fud.

'I mean, in real life.'

Roeddwn i'n dal yn fud. Roedd arna i ofn siarad oherwydd roeddwn i'n gwybod pe byddwn i'n agor fy ngheg byddai dagrau'n trio dod mas o'm llygaid. Ac er na fydden nhw'n llwyddo, bydden nhw'n dal i losgi. Roeddwn i wedi dysgu fy hunan i beidio â llefen o flaen pobl ddieithr. Wel, peidio â llefen o gwbl. Doeddwn i ddim yn llefen yn bert. Fyddai'r dagrau ddim yn syrthio'n dyner ar hyd fy ngruddiau gwelw, ond yn hytrach yn arllwys yn afreolus o ddau bwll coch fy llygaid hyll ac yn staenio fy wyneb yn batshys i gyd.

'Do they call you Angie?'

Ysgydwais fy mhen.

Ond doedd neb yn sylwi. 'Do you want a drink, Angie?'

A gyda hynny, dyma estyn cwpanaid mawr o lemonêd a gwelltyn.

'I like your dress,' meddai wedyn. Ac roeddwn i'n gwybod yn iawn nad oedd hi. Roedd hi mewn ffrog hir binc yn union yr un peth â ffrog ei mam.

'Come on, let's tuck in.'

Yn y *playroom* roedd bwrdd o fwyd parti go iawn. Bisgedi bach crwn gyda thwll yn y canol ac eisin bob lliw. Y cacennau bach gyda fflwff gwyn a siocled drostyn nhw. Brechdanau jam. Creision bach fel modrwyon. Ond roeddwn i'n rhy lawn o dristwch i allu bwyta dim.

Ar ôl i'r criw orffen, dyma wthio'r llestri naill ochr.

'Let's play Spin,' meddai un o'r bechgyn ag enw tebyg i Jaynie. Falle Jamie.

'Not Spin Strip?' meddai Jaynie, â'i llais yn esgus dweud nad oedd hi ishe chwarae'r gêm, ac yn dweud, go iawn, ei bod hi ar yr un pryd.

Doeddwn i ddim yn gwybod dim am 'Spin', na 'Spin Strip' heblaw am y ffaith nad oeddwn i ishe eu chwarae o gwbl.

A dechreuodd y gêm. Roedd hyn yn llawer, llawer gwaeth na Musical Chairs a phob gêm barti arall. Roedd y bechgyn yn cydio yn y darn rhwng llafn a charn y gyllell â'i throi ar wyneb y bwrdd. Wedyn, byddai'n rhaid i'r sawl a wynebai'r min, ar ôl i'r gyllell stopio symud, dynnu dilledyn.

Roeddwn i wedi fy nal. Yn rhy ofnus i siarad rhag teimlo fy llygaid yn llosgi. Yn rhy ofnus i chwarae'r gêm rhag gorfod tynnu dillad. Yn rhy ofnus i fynd i chwilio am Dad rhag mynd ar goll ar y llwybr tywyll tua'r tŷ.

Troellwyd y gyllell. Arafodd. Arafodd. Arafodd. Hofranodd ei min rhwng Jaynie a rhywun arall.

'Spin again!' meddai un o'r criw.

A gyda hynny, agorodd drws y *playroom*.

Dad.

3

Croesi

i

Poli, Poli, beth sy'n bod ar dy goes di?
Wedi torri.
Poli, Poli, beth sy'n bod ar dy fraich di?
Wedi torri.

Jac, Jac, ga i groesi'r afon?
Pa liw yw dy grys di?
Gwyn.
Cei.
Du.
Na chei.

Poli, Poli, beth sy'n bod ar dy galon di?

ii

Reading

'May I remind passengers travelling on board the 125 London Paddington to Swansea that the next stop is Reading. Change at Reading for Oxford, Taunton, Ealing . . . Please make sure you have all your personal belongings with you before you leave the train. Next stop Reading.'

Cracl.

'May I also remind passengers that there is a buffet car situated towards the rear of the train serving a range of beverages such as fresh tea and coffee.'

Beverages. Un o'r geiriau hynny y mae rhywun yn ei glywed, yn deall ei ystyr ond heb ei ddefnyddio erioed. Fel *ailment* am *illness* neu *impudent* am *cheeky.* Byddai'r gair *beverages* bob amser yn gwneud i fi feddwl am *beaver.* Mae'n siŵr am fod Mrs Roberts yn yr ysgol gynradd yn arfer rhoi prawf sillafu i ni ar eiriau yn dechrau gyda'r un llythyren – jyst er mwyn ein drysu ni'n lân. *Beverages. Beaver. Bereavement.*

Ond Miss James nid Mrs Roberts, dwi'n meddwl, oedd yn gyfrifol am roi lliw i bob dydd o'r wythnos. Yng nghghornel bellaf dosbarth Miss James, tu ôl i'r drws i bob pwrpas, roedd siart yn rhestru dyddiau'r wythnos. Dydd Llun yn wyn. Dydd Mawrth yn wyrdd. Dydd Mercher yn goch. Dydd Iau yn felyn dyfrllyd di-haul. Dydd Gwener yn wyrddlas. Dydd Sadwrn yn las. Dydd Sul yn ddu.

Dydd Iau oedd hi heddiw. Y Dydd Melyn. Digon melyn i godi'r felan arnoch chi.

Peth rhyfedd yw darllen ysgrifau am eich tad eich hunan. Peth rhyfedd yw cofiant i rywun byw. Darnau o atgofion pobl eraill am stori anorffenedig na wyddan nhw braidd ddim amdani. Ac wrth deithio tua'r gorllewin yn y 125, roedd y darllen yn ddiflas o anodd.

Ond o leiaf roedd y dydd wedi bwrw'i faich yn gawod mân ar ôl bygwth gwneud ers oriau, ac roedd y prynhawn, mor hir ar derfyn haf, yn dechrau rhoi gwawr las i'r diwrnod hen. Y *blue rinse* olaf cyn marw. Glynai'r diferion glaw yn dynn wrth y ffenest. Roeddwn i wedi symud at sêt y ffenest ers i'r dyn busnes adael yn Slough ac wedi bod yn gwylio'r diferion yn ofalus. Roedd hon yn hen gêm. Ceisio dyfalu beth fyddai trywydd diferyn. A holi pam fod rhai yn mynnu aros yn gwbl annibynnol, a rhai eraill yn cael eu denu i ddilyn llwybrau'r diferion eraill a chreu afon fach ar hyd y gwydr? Pam wedyn y byddai rhai'n cripian yn araf, gan ddal a thynnu'n ôl bob cam, cyn ildio'n sydyn, a llamu i gael eu llyncu, reit ar ddiwedd y daith, gan ddiferyn mwy? A pham y byddai ambell ddiferyn yn mynd yn raddol i un cyfeiriad, cyn newid yn ddirybudd a throi cornel siarp?

iii

Mae e'n enaid rhamantus ac roedd ei
garu, fel ei gyfeiliant, yn angerddol,
sensitif. Gall ddenu pobl tuag ato ac
yna'n ddirybudd, pan fydd y pellter
wedi cau gormod a'r agosatrwydd fel
pe byddai'n ei fygwth, gall newid
cyfeiriad a thaflu pawb oddi ar ei
drywydd.

iv

Cenfigen

Roedd mis Medi wedi dod â haf bach Mihangel i erddi Caerdydd. Ac roedd fy nosbarth i wedi cael dyrchafiad 'lan lofft' at y 'plant mawr'. Cael dyn yn athro am y tro cyntaf – ac yn ôl pob sôn, roedd hwn yn athro llym. Yn ôl eu harfer, roedd Myng-gu ac Anti June wedi galw i roi trefn arna i a Dad cyn dechrau'r tymor newydd.

Digwyddodd dau beth. Y peth cyntaf oedd i Anti June benderfynu y byddai'n syniad da rhoi cyrls yn fy ngwallt. Yr ail beth oedd i fi a Dad fynd ati'n syth ar ôl iddi fynd, i ddad-wneud y syniad twp.

Roedd y ddau ohonom wedi dod i ddeall ein gilydd – ac Anti June – yn dda. Gadael iddi hi, a Myng-gu, wneud fel y mynnen nhw tra oedden nhw yn ein tŷ ni, ac wedyn, yr eiliad y bydden nhw'n troi heibio i ffin y gornel waharddedig, rhoi popeth yn ôl yn ei le.

Felly hefyd fyddai hi gyda'r gwallt.

Fi oedd wedi dechrau dweud fy mod i ishe steil gwallt newydd i fynd yn ôl i'r ysgol. Roedd angen rhywbeth heblaw'r gwallt syth i gael mynd lan lofft at y plant mawr. Torri'r gwallt yn gneuen lefn fel gwallt Miss Rees oedd gen i mewn golwg. Fy nhroi yn Lena Zavaroni oedd syniad Anti June. A'r noson honno aeth ati i dwisto cudynnau o wallt fy mhen a chlymu rhacs am bob darn nes bod croen fy mhenglog yn gwingo. Drannoeth, tynnwyd y defnydd i gyd gan adael llond pen o gyrls. Roedd

Anti June yn meddwl eu bod nhw'n bert. Roeddwn i'n meddwl eu bod nhw'n sili.

'Ifan! Edrych! On'd yw hi'n bictiwr!'

Taflodd Dad winc fawr tuag ata i.

'Pictiwr o das wair.'

'Ifan!'

A dyma fynd i guddio yn fy stafell i chwarae'n dawel wrth ddisgwyl a disgwyl. Aros i glywed bod Anti June a Myng-gu'n mynd a chlywed y seremoni ffarwelio'n dechrau er mwyn cael diwedd ar y cyrls. Gyda hynny:

'Ang hâr ad! Yvonne has called to play,' llais Anti June yn cyrraedd drws fy stafell o ddrws y cefn.

'Plis a wnewch chi ddweud wrthi mod i'n methu dod. Dwi'n cymoni fy stafell,' gelwais yn ôl.

'Ti'n iawn, bach?'

'Odw, diolch.'

Tybed a fyddai Dad wedi cael siom arall pe bydde fe'n gwybod fy mod i wedi dweud celwydd? Chwarae o'n i, nid cymoni. Ond doeddwn i ddim ar unrhyw gyfrif ishe i Yvonne weld y gwallt. Nid Yvonne, gyda'i gwallt melyn sgleiniog, fflat. Chwarae o'n i, ac edrych ar y cloc, a dyfalu o fy hafan lan lofft lle roedd Anti June a Myng-gu arni lawr llawr, a faint mwy o dacluso a chymoni oedd ar ôl ganddyn nhw cyn awr y ffarwelio.

'Yvonne has just called to show you her new doll. And she wants to say hello to Myfanwy before Myfanwy goes to sleep.' Ymgais arall gan Anti June.

Tawelwch.

'Ang hâr ad. Bydd rhaid i ti ddod lawr am eiliad,

bach. Mae'n anghwrtais i ti beidio. Dere nawr, 'na ferch dda.'

Newid iaith, newid côd, a'r geiriau ''na ferch dda' yn fygythiad.

Doedd Myfanwy ddim am gysgu am wythnosau. Ishe dangos y ddol newydd oedd Yvonne.

Panic. Diflastod. Syniad. Problem.

Mynd lawr llawr a'm gwallt i gyd wedi'i glymu mewn *bobble* a'i guddio o dan het. Agor drws stydi Dad. Dad yn cydsynio. Dad yn mynd allan i ddenu Anti June i'r ardd ffrynt. Fi'n dilyn i gwrdd ag Yvonne yn y gegin a mynd â hi'n syth i'r ardd gefn heb fod Anti June yn gweld fod y gwallt dan orchudd.

'What have you done to your hair?' gofynnodd Yvonne.

Sut yn y byd oedd hi'n gwybod? Roedd y cyfan o'r golwg. Bron y cyfan.

'Nothing.'

'Ti wedi dweud anwiredd eto, miss fach.'

Wnes i sôn cymaint o ddynwaredwr oedd cydwybod? Y tro hwn roedd yn siarad yn gywir yr un peth â Mrs Lloyd, athrawes Ysgol Sul y plant mawr. Roedd Mrs Lloyd wedi dod i Gaerdydd o Grymych ac roedd hi'n galw pob merch yn 'miss fach' – neu 'rhoces'. 'Crwt' oedd hi'n galw'r bechgyn. Neu 'rhocyn'.

Ond roeddwn i wedi dechrau arfer â'r lleisiau, yn enwedig un Mrs Lloyd, a'r tro hwn, doeddwn i ddim yn mynd i adael iddi hi fy mlino i.

'Sai'n becso dim, Mrs Lloyd.' Wedi'r cyfan, roedd Dad yn deall.

'Do you like my doll?'

'Yes. It's lovely.'

'I had it off Gramps.'

Roedd Gramps yn aml yn rhoi teganau newydd i Yvonne. Ond O! trueni amdano. Roedd ei enw mor hyll. Enw fel bola tost. Enw tad-cu arall Yvonne oedd 'Pop'. Enw twp arall. Rhy debyg i Popeye, neu Alpine Pop, neu 'Pop goes the Weasel'.

Roedd hi'n ddoli lyfli. Ond roeddwn i'n teimlo'n rhyfedd yn dweud y geiriau 'Yes. It's lovely.' Teimlo'n debyg i pan ddywedais i'r celwydd am dacluso fy stafell, gynnau fach. Ac eto, doeddwn i ddim wedi dweud celwydd. Roedd hi wir yn ddoli lyfli. Y broblem oedd, doeddwn i ddim ishe iddi fod yn ddoli lyfli.

Roeddwn i'n drist y tu mewn i mi am ei bod hi mor lyfli. A dyna'r llais eto. Y tro hwn, llais tebyg i lais Dad, a doeddwn i ddim yn ei ddeall yn union. Doeddwn i ddim yn gallu clywed y geiriau'n iawn, ac eto, roedd gen i syniad beth oedd eu hystyr. Roeddwn i fod i deimlo'n falch fod gan Yvonne ddoli mor lyfli, ond roeddwn i'n teimlo'n drist, am yr union reswm hwnnw.

'Do you like her?'

'Yes,' meddwn i, wedi drysu'n lân. 'Do you want to see Myfanwy?' Dyma newid y pwnc. 'Anti June said you did.'

Diolch am Myfanwy. O holl blant y byd fi oedd yn dal i fod yr unig un a oedd yn fam i grwban.

Roedd Yvonne wedi bod yn swnian cymaint ei bod ishe crwban nes i fam Yvonne alw un diwrnod i siarad gyda Dad i holi beth yn union oedd crwban. Hwnnw oedd y diwrnod pan ddysgon ni mai *tortoise* oedd y gair Saesneg am grwban. Ond wnaeth y gair Saesneg ddim stico, a 'crwban' fyddai pawb yn ei galw. Yn Saesneg ac yn Gymraeg. Chafodd Yvonne ddim crwban. Sai'n siŵr pam. Ond roeddwn i'n falch ofnadwy nad oedd hyd yn oed posib perswado Gramps i fynd i'r farchnad i brynu un iddi.

'Do you know,' meddai Yvonne, 'I'm really jealous you've got a crwban.'

Jealous! Dyna fe. Hen air hyll am beth hyll. Am fy mod i'n *jealous*, dyna pam roedd fy nghydwybod, yn gwisgo llais Dad, yn fy ngheryddu yn fy mhen.

Jealous. Doedd gen i ddim syniad beth oedd *jealous* yn Gymraeg. Ond roeddwn i'n gwybod yn union sut deimlad oedd e. Falle am nad oedd gen i air Cymraeg am *jealous* mai dyna pam doeddwn i ddim yn gallu siarad am y peth. Nid fel Yvonne. Roedd hi'n medru dweud yn blwmp ac yn blaen ei bod hi'n *jealous*. Doeddwn i ddim. Gormod o ofn. Gormod o ofn y llais fel llais Dad neu Mrs Lloyd, y llais fyddai'n dweud 'ffor shêm'. Y llais fyddai'n dweud 'siom'.

Neu falle nad oedd Yvonne yn *jealous* go iawn. Falle mai esgus bod yn *jealous* oedd hi. Pe byddai hi'n *jealous* go iawn, byddai gormod o ofn teimlo 'ffor shêm' arni hithau hefyd. Yn union fel yr oedd Mair, dwi'n siŵr, jyst wedi *esgus* cael cyfrinach.

Byse'n dda gen i wybod a oedd gan Yvonne gyfrinach.

Fentren i ddim gofyn, wrth gwrs. Dim byth.

O'r diwedd. Aeth Yvonne. Tynnu'r *bobble* a'r het cyn i Anti June weld, ac o'r diwedd, Anti June a Myng-gu yn tynnu'r ffedogau, a'u rhoi i gadw yn nrâr y seld. Y cusanu. Yr addo-bod-yn-gwd-gyrl. Y cwtsho tyn. Myng-gu yn chwilio yng ngwaelod ei bag am ddarn bach o Sbanish i'w ryddhau, naill ai o leinin y bag neu o'r papur gwyn a fu unwaith yn ddarn o gwdyn yn dal chwarter o siapiau Sbanish eraill . . . olwyn, sgwariau ac eira glas ar y top, a phib hyd yn oed. Estyn tamed i fi. Y seremoni ar ben.

Popeth yn hollol iawn. Mynd mas i ffarwelio, llais cydwybod wedi mynd yn fud a minnau yng nghwmni Dad. Yn saff.

Cyn i'r car bach glas gyrraedd y tro yn y ffordd, roedd Dad wedi fy rhoi i eistedd ar ben y cwpwrdd ar bwys y sinc. Roeddwn i wedi gwlychu fy ngwallt ac roedd y cyrls wedi diflannu.

Yn ei law roedd siswrn.

'Plis, Dad.'

'Ie, iawn. Reitô . . . Ond, dwi ddim yn siŵr chwaith. Dwi ddim wedi gweld fy hunan fel barbwr erio'd . . . O, reitô 'te, fe dyfith. Nawr paid symud.'

Casglodd y darnau gwlyb o ochr fy mhen a rhoi haenen o wallt i hongian o flaen fy nhrwyn, a chan ddechrau ar un gornel torrodd linell igam-ogam ar draws fy nhalcen nes cyrraedd y gornel arall.

Wrth i'r gwallt sychu, cododd y ffrinj yn uwch ac yn uwch. Nid ffrinj fel hyn oedd gan Siân Evans. Nac Yvonne. Na Miss Rees. Syllais yn y drych bach ar y bwrdd ar bwys y gwely a theimlais yn drist.

Roedd rhywbeth o'i le. Roeddwn i mor hyll. Y ffrinj yn gam ac yn fyr, fyr. Y llygaid yn rhy fawr. Dannedd yn gam ac ar goll. Gên bigog. Ac am y tro cyntaf gallwn weld fod gen i glustiau rhyfedd. Roedden nhw'n stico mas o dan fy ngwallt rywsut. Po fwyaf y syllwn, mwyaf trist y teimlwn. Roedd popeth o'i le. Roeddwn i'n hyll fel Myfanwy ac roedd Yvonne yn bert fel ei dol. Roedd hi wedi cael dol bert am ei bod hi'n bert; roeddwn i wedi cael crwban hyll am fy mod i'n hyll.

Pan ddaeth Dad i mewn i'r stafell, roeddwn i mor ar goll yn y frwydr yn erbyn y dagrau nes i mi beidio â'i glywed. Daeth i eistedd ar fy mhwys a rhoi ei law dyner amdanaf.

'Hei, lodes lân, beth sy'n bod?'

Roedd arna i ofn dweud. Doeddwn i ddim ishe brifo'i deimladau. Wedi'r cyfan, fe oedd wedi torri'r ffrinj, a fi oedd wedi erfyn arno i wneud. Ac eto, y ffrinj oedd wedi fy ngwneud i'n hyll. Neu oeddwn i'n hyll o'r blaen? Ac wrth holi'r cwestiwn, dyma sylweddoli'r ateb. Mae'n rhaid fy mod i! Rhaid fy mod i wedi bod yn hyll erioed. Nid y ffrinj oedd wedi rhoi imi'r llygaid mawr a'r dannedd cam, coll, a'r ên bigog a'r clustiau'n stico mas.

Roedd arna i ofn dweud hefyd am fy mod i'n gwybod y byddwn i'n siomi Dad.

Ond dweud wnes i. Bron.

Dweud drwy ofyn cwestiwn. 'Ti'n meddwl mod i'n hyll, Dad?'

'Wel, nawr, gad i mi weld.'

A chan ddechrau gyda lliw brown diflas fy

ngwallt a gorffen gyda'r clustiau pigog, fe'm perswadodd i mai fi oedd y ferch harddaf yn y byd i gyd.

Y noson honno, cyn mynd i gysgu, ces i stori ganddo allan o'r llyfr mawr gyda'r llun hud ar y clawr. Y llun lle roedd brenhines y tylwyth teg yn codi ei llaw, dim ond i chi symud y llyfr yn ôl ac ymlaen. Stori'r hwyaden fach hyll a dyfodd i fod yn alarch hardd. Dyna lwc ei fod wedi dewis y stori honno.

v

Mae'n gydnabyddedig ei fod e'n ddyn
golygus iawn. Yn hardd. Un o'r
dynion prin hynny y mae Duw wedi
ei fendithio â chadernid a thynerwch
ym mhob rhan o'i wyneb.

vi

Rheolau

Roedd hi'n hysbys i bawb nad oedd Mr Hughes yn credu mewn grwpiau. Roedd pawb yn nosbarth Mr Hughes yn gorfod eistedd fesul dau. Roedd Mair a fi wedi penderfynu croesi popeth, bysedd y ddwy law, coesau, breichiau – a gydag ymdrech fawr, bysedd traed, er mwyn gobeithio, gobeithio cael eistedd ar bwys ein gilydd yn nosbarth Mr Hughes.

Ddiwedd tymor yr haf, wedi corlannu pawb ar y darn carped a elwid yn 'cornel stori' yn stafell Miss James, dyma wrando ar reolau'r dosbarth newydd a threfn yr eistedd. Hon oedd y ddefod olaf yn stafell Miss James. Clywed rheolau'r dosbarth newydd 'lan lofft', yng nghoridor y 'plant mawr'. Doedd dim carped na chornel stori yn nosbarth Mr Hughes. Braint y 'plant bach' oedd rhyw foethau felly.

Cawsom glywed am yr holl bethau nad oedd Mr Hughes yn eu hoffi. Doedd e ddim yn hoffi plant yn siarad pan fyddai e'n siarad. Doedd e ddim yn hoffi blotiau inc. Doedd e ddim yn hoffi annibendod o unrhyw fath. Doedd e ddim yn hoffi clywed Saesneg. Doedd e ddim yn hoffi *bubble-gum*. Doedd e ddim yn hoffi plant sy'n cario clecs na phlant sy'n anghofio dod â daps ar ddiwrnod ymarfer corff. Doedd e ddim yn hoffi clywed plant yn dweud 'fi gyda' yn lle 'mae gen i'.

Ar ôl iddo orffen ei restr hirfaith, gallwn i fod wedi ychwanegu un peth bach arall. Doedd e ddim yn hoffi gwenu.

Roedd y croesi i gyd wedi talu ar ei ganfed.

Doeddwn i ddim yn meddwl mod i'n hoffi Mr Hughes rhyw lawer, ond gan ei fod wedi rhoi Mair a fi gyda'n gilydd, roeddwn i'n barod i geisio'i blesio. Wedi'r cyfan, roedd wedi gwneud un peth yn gwbl glir. Roedd y drefn eistedd yn arbrawf. Byddai'n ail-ystyried lle byddai pawb yn eistedd ar ddiwedd yr wythnos gyntaf. Os nad oedd pawb yn gwrando ac yn gweithio'n dda, yna, byddai'n debyg o newid y drefn. Bachgen, merch, bachgen, merch, fyddai'r drefn arall bosib. Doedd neb ishe gweld y drefn honno'n dod i rym.

Bihafio amdani. Falle bydde angen i fi wrando'n fwy gofalus ar y lleisiau.

vii

Bygythiad

Un o'r pethau prin roedd Mr Hughes yn eu hoffi oedd arlunio. Weithiau, ar ôl bore o dawelwch a syms a *Llyfrau Darllen Newydd* T Llew Jones a chardiau gwaith, byddai'r prynhawniau yn gweld y plant oedd wedi gorffen gwaith y bore yn clirio'r byrddau a rhoi papur newydd drostyn nhw. Ffedog blastig yr un i bawb. Dau botyn jam o ddŵr ar ganol pob bwrdd. Un i wlychu'r paent, un i olchi'r brwsh. Ac ar ôl dwy funud roedd hi'n amhosib gwahaniaethu rhwng y dŵr yn y ddau botyn. Bobo ddarn o bapur glân a phalet bach o gylchoedd paent caled. Byddai Mr Hughes wedyn yn aml yn mynd allan i'r coridor i beintio murlun. Ei gynfas eang oedd y teils hufennog a'i ffrâm oedd y rhes o deils bach du, sef y ffin rhwng y wal uchel a'r ffenestri enfawr a wahanai'r stafelloedd dosbarth a'r coridor. Gadawai'r drws led y pen ar agor a gwae ni pe byddai sŵn yn codi.

Weithiau byddai Mr Hughes yn dewis un neu ddau i ddod i'w helpu. Roedd hyn yn anrhydedd. Ar ôl iddo wneud amlinell y gwrthrych ar wal y coridor, byddai'r helpwyr yn cael llenwi'r gwagle â lliw – o dan gyfarwyddyd, wrth gwrs.

Weithiau byddai'n gweithio ar y teils y tu fas i stafell rhai o'r athrawon eraill. Roedd galw mawr am ei wasanaeth. Ar adegau felly, roedd hi'n anoddach iddo gadw trefn ar ei ddosbarth.

Y prynhawn arbennig hwn roedd Mr Hughes wedi dewis Siân Evans ac Elin i fynd allan i'r coridor ac roedd pawb arall wrthi'n dawel yn gweithio. Roedd e'n peintio murlun o iet Efail-wen i Mrs Roberts drws nesa. Doedd e felly ddim yn bell iawn o'r drws, ac yn gallu monitro ymddygiad ei ddosbarth ei hun yn weddol lym.

Doeddwn i ddim yn artist.

'Synnu na fyddech chi, o bawb, yn gallu tynnu llun, Miss Gwyn.'

Wyddwn i ddim pam 'fi, o bawb' – dim ond gwybod fod y geiriau'n gwneud dolur. Ac roedd gen i deimladau cymysg am y sesiynau arlunio hyn. Roeddwn i'n gwybod yn union sut lun oeddwn i am ei weld, ond heb wybod sut i'w gyflawni. Ond os oedd yr anallu hwn yn peri rhwystredigaeth, roedd teimlo'r brwsh gwlyb yn troelli yn y paent ac wedyn ei olchi yn y pot jam a gweld y dŵr yn troi'n gymylau'n bleser. Eto, doedd e ddim cymaint o bleser â phennod o'r *Llyfrau Darllen Newydd*. Dyna oedd fy hoff beth i. Ac yn wahanol i'r rhan fwyaf, roeddwn i'n eitha hoffi gwneud symiau hefyd. Roedden nhw'n hawdd.

A dyna lle roeddwn i'n troi'r brwsh ac yn astudio'r cymylau, pan glywais rywun yn hanner gweiddi, hanner sibrwd fy enw.

'Hei, Angharad.'

Codais fy mhen a gweld Alun Hopkins wedi troi yng nghadair ei ddesg ac yn edrych yn ymbilgar arna i, a drws nesaf at Alun, gyda'i ben yn un llaw a phensel yn y llall, yn edrych yn ddiflas ac ar goll, roedd Jeffrey Gable yn syllu ar ei ddesg mewn anobaith.

'Shw chi'n neud rhein?'

Druens bach. Roedd Mr Hughes yn annheg. Polisi Mr Hughes oedd esbonio unwaith ac wedyn rhoi'r gwaith i bawb. Os nad oeddech chi wedi deall y tro cyntaf, doedd dim gobaith gwneud y gwaith. Ac os nad oeddech chi'n gorffen y gwaith, doedd dim hawl symud ymlaen at y dasg nesaf. Ac os nad oedd y tasgau i gyd wedi'u cwblhau, yn aml doedd dim hawl mynd mas i chwarae, a doedd dim unrhyw obaith cael treulio'r prynhawn yn peintio.

Roeddwn i am helpu Alun. Doedd Alun ddim cweit yn 'iawn'. Roedd mam Alun yn edrych mor hen â Myng-gu ac roedd Mair wedi dweud, mewn llais yn llawn dirgelwch trist, fod ei mam hi wedi dweud fod tad Alun Hopkins yn byw yn y Cow and Snuffers a byse hi wedi bod yn well tase fe wedi aros yn was ffarm yn Llangadog na thrio'i lwc yn bostmon yng Nghaerdydd. Ydy e'n byw yn lle'r Cow am ei fod e'n gweld ishe'r da? Siŵr o fod, oedd ateb Mair. Pam dyw e ddim yn byw gydag Alun a Mrs Hopkins? Am fod Mrs Hopkins wedi mynd yn hen ac am fod Alun yn, wel, fel ma Alun. Ond roedd Mrs Hopkins yn dod o Lanybydder, ac o holl blant y dosbarth dim ond Alun a fi oedd yn dweud 'cymoni' am 'tacluso'. Ac roeddwn i'n teimlo'n flin dros Alun.

Roedd Alun wrth ei fodd yn peintio ac roeddwn i ishe ei helpu. Roeddwn i ishe helpu Jeffrey hefyd. Roeddwn i'n teimlo'n flin dros Jeffrey. Byddai'n dod i'r ysgol yn hwyr bob dydd â'i wallt yn seimllyd a golwg cwsg arno. Roedd arogl rhyfedd o'i gylch – ac roedd rhai o fechgyn mawr, cas dosbarth Mrs Roberts yn ei alw'n Smelly Gable yn lle Jeffrey Gable. Roedd un si ar led mai 'Inglî' oedd e go iawn, ac mai dyna pam oedd e'n dweud 'mae fi yn' a 'fi'n cael' a 'tri merch'. Amser chwarae byddai'n crwydro ar ei ben ei hunan ac weithiau byddwn i a Mair yn mynd i siarad gyda fe. Nes iddo ddod â bocsed o Crystal Fruit Jellies yn anrheg i fi un diwrnod a gwneud i fi ei gasáu e'n llwyr am wneud i blant y dosbarth lafarganu 'Witiŵŵŵ, mae Jeffrey ishe priodi Ang hâr ad'.

Ond erbyn hyn, â phawb ond fi wedi anghofio am y cywilydd hwnnw, roeddwn i wedi maddau iddo. A heddiw, roedd angen help arno.

'Pst.' Daeth yr ymbil o'r newydd.

Penderfynais y byddwn yn codi i esgus newid dŵr y pot jam a galw heibio'u desg ym mlaen y dosbarth ar y ffordd nôl. Ond wrth fy mod i'n sefyll uwchben y sinc, daeth pen Mr Hughes rownd y drws. Roedd e wedi fy ngweld drwy ffenestri uchel y coridor.

'Angharad Gwyn, brysiwch!'

A dyma ruthro nôl at fy nesg fel yr hed y frân, a honno ddim yn hedfan yn agos at ddesg Jeffrey ac Alun.

A chyn mynd yn ôl allan, ychwanegodd Mr Hughes:

'Ac os na fydd pawb wedi gorffen popeth erbyn diwedd y dydd, fydd 'na ddim trip.'

Cyn troi a dweud yn fygythiol dawel:

'I neb.'

Trodd llygaid pawb i edrych ar ei gilydd heb fod neb yn codi pen. Roedd hynny'n newyddion trychinebus. Uchafbwynt y flwyddyn oedd y trip i Sw'r Barri ac roedd Mr Hughes yn gwybod yn iawn fod hwn yn fygythiad dramatig. Yr hyn nad oedd Mr Hughes fel pe bydde fe'n gwybod oedd, hyd yn oed pe bydde fe wedi bygwth crogi Alun Hopkins a Jeffrey Gable, fydden nhw'n dal ddim wedi gallu gorffen y syms lluosi hir.

'Angharad,' daeth y sibrydiad eto, 'plis.'

A heb siarad, codais fy llygaid o dan y ffrinj, a oedd erbyn hyn wedi tyfu at fy nhrwyn, a rhoi arwydd iddo basio'r daflen yn ôl. Trwy law Delyth ac yna Rhiannon, a'r ddwy yn trin y darn papur fel pe bai'n cario'r pla du, cyrhaeddodd y symiau dryslyd fy nesg.

Edrychais arnynt. Cefais syndod o weld nad oedd Alun a Jeffrey'n gwneud yr un symiau â ni wedi'r cyfan. Roedd y rhain yn hawdd, hawdd. Eiliad fydden i'n eu gorffen i gyd. Ac o'r drâr yn fy nesg estynnais ddarn o bapur sgrap a phensel, a dyma ysgrifennu'r atebion o 1 i 10 yn gyflym ac yn drefnus ac yn gywir.

Mr Hughes eto. Dim gair y tro hwn. Dim ond pen rownd y drws. Daliodd pawb eu hanadl. Roedd pawb wedi deall beth oedd ar waith rhyngof i a'r bois yn y blaen. A phawb yn ddiolchgar y byddai rhyw achubiaeth yn debyg o ddod, a ffordd i ni gael mynd ar y trip. Roeddwn i'n hanner clywed y lleisiau. Un llais yn dweud na ddylwn i wneud hyn, ac un yn dweud pam lai. Ac yn lliwio'r cyfan y teimlad cynnes o fod yn arwres a gwaredwr y dosbarth ar yr un llaw, a'r teimlad hwn yn trechu'r teimlad o ofn ar y llaw arall – yr ofn a rannwn gyda phawb arall. Ofn cael fy nal.

Roedd y teimlad cynnes, yr un o fod yn arwres, hefyd yn byddaru'r lleisiau.

Tro Mair oedd hi i godi nawr. Fedrwn i ddim cymryd y risg o gael fy ngweld eilwaith yn mynd tua'r sinc. Yn betrus cododd Mair gan roi'r daflen waith a'r atebion ym mhoced ei ffedog a dal y pot jam yn llawn dŵr brwnt yn dynn.

Mynd y ffordd hir at y tapiau gan daflu'r neges ar fwrdd y bechgyn cyn anelu at y ffenest a'r sinc.

Job done.

'Diolch.' Trodd Alun Hopkins am eiliad cyn cuddio'r atebion ar ei garffed a dechrau copïo.

Tu allan i'r drws roedd llais Mr Hughes a llais Mrs Roberts yn sibrwd chwerthin.

Roedd y llun ar y ddesg o'm blaen yn araf ddechrau edrych fel dim byd. Y streipen las arferol yn yr awyr. Yr octopws o haul melyn yn y gornel dde. Streipen o borfa werdd ar hyd y gwaelod. Ac yng nghanol y darlun, lwmpyn mawr, brown. Myfanwy oedd hon i fod. Roedd hi'n amhosib dweud mai crwban oedd Myfanwy. A pho fwyaf yr awn i ati i beintio manylion ar ei chragen a llunio'i choesau a'i breichiau, po fwyaf annhebyg yr âi.

A hithau'n ddeng munud i dri, daeth Siân Evans i mewn a dweud:

'Mae Mr Hughes yn dweud ei bod hi'n ddeng munud i dri a bod rhaid i bawb orffen. Merched i fynd i olchi dwylo gyntaf. Wedyn y bechgyn.

A chofiwch roi eich enw ar y gwaelod a rhoi'r llun ar bwys y ffenest i sychu.'

Ac allan â hi.

Sŵn cadeiriau'n crafu ar hyd y llawr pren a phawb yn dechrau siarad. Yr un cwestiwn ar wefus pawb – fydden ni'n cael mynd ar y trip? Fi fel brenhines yn eu plith. Os oedd trip i fod, i fi oedd y diolch.

Pen Mr Hughes. 'Yn dawel! 'Dyn ni ddim wedi cyrraedd y sw eto, bois bach.'

Roedd 'bois bach' yn un o'i hoff ymadroddion. Hwnnw a rhywbeth oedd yn swnio fel 'pob copa gwallgof'. Ond roedd y ffaith iddo sôn unrhyw beth o gwbl am fynd i'r sw yn galonogol.

Sŵn Mrs Roberts yn chwerthin, ac yn diolch, ac yn mynd yn ôl yn ei *mules* llithrig at ei dosbarth tawel ei hunan.

Roedd popeth wedi'i dacluso, pob ffedog yn hongian, pob potyn jam yn wag, pob llun yn sychu, pob llaw yn weddol lân.

'Reit 'te, dwylo ynghyd a llygaid ynghau – Alun? Jeffrey? Wnaethoch chi'ch dau orffen?'

'Do,' meddai Alun.

'Ie,' meddai Jeffrey.

'Do,' meddai Mr Hughes.

'Do,' meddai Jeffrey.

'Dan dy . . .

A dyma'r dydd yn dod i ben.

Ac Alun Hopkins a Jeffrey Gable wedi dod i ben.

A finnau wedi dod i ben â sicrhau y byddai'r dosbarth i gyd yn cael mynd ar y trip.

Roedd Siân Evans ac Elin yn synhwyro bod rhywbeth mawr yn y gwynt. Ac yn synhwyro eu bod nhw allan ohoni. Ac yn synhwyro rywsut fod yna deimlad gwahanol yn y dosbarth ac mai fi, ac nid Siân Evans, oedd gwrthrych yr eilunaddoliaeth am unwaith.

Cyn i ni gyrraedd top y stryd yn Gabalfa lle roedd y bysiau yn barod i'n cludo ni, pob un i'w faestref ei hun, roedd y stori wedi lledu. Roedd Angharad Gwyn wedi achub trip dosbarth Mr Hughes.

Es i adre'r noson honno i chwilio am Myfanwy i ddweud yr hanes i gyd wrthi, ac i ymddiheuro am dynnu llun mor ofnadwy o hyll ohoni.

Ond pan es i i'r ardd, roedd Myfanwy wedi mynd nôl i gysgu. Rhyfedd, a hithau'n fis Gorffennaf.

Byddai'n rhaid i mi aros tan y bore i adrodd yr hanes. A gadewais y dail dant y llew a gesglais iddi mewn cornel fach ar bwys y llwybr o dan y lein ddillad.

Sylwais i ddim fod y lein yn llawn crysau glân, neu os do fe, sylwais i ddim fod hynny'n beth od, gan nad oedd Myng-gu nac Anti June yn dod am wythnos arall.

viii

'Cyfres Adnabod Arwr'
O holl gydnabod Ifan Gwyn, ei
edmygwyr, ei ddisgyblion, ei gyd-
weithwyr a'i ffrinidau, prin iawn yw'r
bobl hynny sydd wir yn ei adnabod. I
ddathlu pen-blwydd y cyfeilydd, y
cyfansoddwr, y cerddor crwn yn
drigain, ac i ddiolch iddo am gyfraniad
amhrisiadwy i'r genedl, gofynnwyd i
aelodau o'r cylch agosaf am ysgrif yr
un yn crynhoi eu hargraffiadau a'u
hatgofion. Yn y cofiant dwyieithog
hwn cawn ddod i . . .

*   *   *

Fydd Dad ddim yn hapus fod hwn yn gofiant
dwyieithog.

Elena

Ond pan gerddais i mewn i'r gegin drwy ddrws y cefn, sylwais yn syth ar y sgidie. Yn y cwtsh rhwng y pantri a'r gegin roedd pâr o blatfforms. Rhai swêd gwyrdd golau. Ac yn dod o stydi Dad, roedd sŵn gwahanol ar y gwynt. Sŵn canu. Sŵn canu gwahanol.

Byddai'r tŷ yn llawn o sŵn canu bob prynhawn heblaw am brynhawn Mercher. Sŵn canu disgyblion Dad. Yn soprano ac alto, tenor a bas, byddai'r stydi'n llenwi bob prynhawn gyda sŵn y lleisiau hyn. Bob prynhawn, heblaw am brynhawn Mercher. Ac ar ddydd Llun gwyn a dydd Mawrth gwyrdd, dydd Iau melyn a dydd Gwener gwyrddlas, yr un fyddai'r patrwm. Chwilio am yr allwedd yn y sied, agor drws y cefn, dod i mewn i'r tŷ, helpu fy hunan i fara menyn a jam, a diddanu fy hunan nes ar ôl *Blue Peter* a jyst cyn *Magic Roundabout*. Tua'r amser hynny byddai'r disgybl olaf yn mynd allan drwy ddrws y ffrynt, a byddai Dad yn dod i chwilio amdana i i gael hanes y dydd a mwgyn a gwrando arna i'n ymarfer y ffidil.

Fyddai Dad byth yn cael mwgyn o flaen y cantorion; byddai hynny'n peryglu eu lleisiau. Gymaint yn fwy felly oedd mwynhad y mwgyn wedi'r gwersi. A rhwng y mwgyn, a'r rhyddhad o weld y disgybl olaf yn ymadael, byddai Dad bron o hyd mewn hwyliau da'r adeg hon o'r dydd. Roedd awr y gwyll yn awr arbennig.

Doedd Dad ddim wastad mewn hwyliau da. Roedd 'na adegau pan oedd hi'n well peidio siarad gyda Dad. Neu'n hytrach, adegau pan oedd hi'n amhosib siarad gyda Dad. Adegau pan allwn daeru nad oedd Dad wir yn gwybod fy mod i yno o gwbl. Byddai'n sefyll o'm blaen, yn edrych arna i hyd yn oed, ond yn clywed dim. Roedd tamed bach, bach o ofn arna i ar yr adegau hynny.

Ond heno? Roedd hi'n brynhawn y dydd Coch, prynhawn Mercher. Dyma fynd i wrando tu allan i'r stydi. Nid llais un o'r disgyblion arferol oedd hwn. Ac eto, roeddwn i'n gwybod mod i wedi clywed y llais o'r blaen. Llais llawn. Llais dynes. Llais a dynnai lun secwins yn fy mhen. Ar ôl gwrando am sbel, ildiais a mynd i'r gegin i chwilio am fara menyn a jam. Roeddwn i'n dyheu am i Dad orffen y wers, dyheu am gael dweud hanes y dydd wrtho, dyheu am ddweud am y syms a Mr Hughes a'r sw, a gofyn pam fod Myfanwy'n cysgu a hithau'n fis Gorffennaf.

Ond feiddiwn i ddim tarfu ar y wers.

O'r diwedd, â Florence a Zebedee yn dweud nos da, daeth Dad a'r llais allan o'r stydi. Ond yn lle troi am ddrws y ffrynt, dyma'r traed yn mynd am y gegin. Sŵn tegell yn berwi a llestri'n cael eu gosod. Sŵn siarad mân a chwerthin. Sŵn cyffro. Sŵn Dad mewn hwyliau newydd. Hwyliau da, gwahanol. Sŵn a wnâi i fi feddwl ddwywaith cyn codi o'r lolfa i ddweud helô.

Wrth fy mod i'n eistedd ac yn clustfeinio, daeth llaw dyner Dad rownd y drws ac yna Dad ei hunan.

'Angharad.'

'Mae'n nos Fercher?' dwedais, â chwestiwn yn fy llais.

'Ydy, ti'n iawn. Dere i'r gegin, dere i gwrdd ag Elena.'

Elena oedd perchennog y sgidie swêd gwyrdd a pherchennog y llais llawn. Ac roeddwn i'n iawn, roeddwn i wedi'i gweld hi o'r blaen. A'i chlywed hi. Roeddwn i'n cofio'i gweld mewn cyngerdd yn y Reardon Smith. Cyngerdd codi arian i'r Blaid. Cyngerdd Mawrth y cyntaf. Roedd hi'n canu a Dad yn cyfeilio. A'r noson honno, roedd hi'n gwisgo'r ffrog harddaf a welais erioed. Ffrog werdd yn secwins i gyd. Falle mod i wedi'i gweld cyn hynny. Ond doeddwn i ddim yn siŵr.

'Dwi 'di gweld Elena o'r blaen,' atebais, cyn gofyn, 'ydy hi bron yn amser i Elena fynd?'

'Dwi ar fy ffordd.' Cododd Elena wrth i Dad dynnu stumiau arna i, a gwneud rhyw dwrw am orffen ei the a bod dim brys a diolch eto am ddangos sut oedd y *twin tub* yn gweithio ac am helpu i roi'r crysau ar y lein.

'Ydy hi'n iawn i fi gael lifft adre?' holodd Elena.

A dyma Dad yn neidio i chwilio am allweddi'r car.

'Dere, Angharad fach. Awn ni i roi lifft adre i Elena, ac fe gei di roi holl hanes y dydd i mi yn y car ar y ffordd nôl.'

Eisteddais yng nghefn y Morris Minor gwyrdd yn anfodlon braidd. Ac ar ôl gollwng Elena tu allan i'w fflat yng Nghyncoed, doeddwn i ddim yn gwybod mwy lle i ddechrau gyda hanes y dydd. Ac er gwaethaf holi Dad, allwn i ddim ffeindio'r geiriau

rywsut i ailadrodd yr anturiaethau i gyd. Roeddwn
i'n gallu ail-ddweud y stori yn fy mhen ond doedd
gen i ddim awydd i'w dweud hi mas yn uchel.

Wrth ei dweud hi yn fy mhen, dechreuais
deimlo'n ofnus. Beth pe byddai Mr Hughes yn
ffeindio mas?

A dyna agor fy nghlustiau i'r lleisiau annymunol
eto. A'r un a ddywedai 'twt, twt' yn mynd yn uwch
ac yn uwch, nes erbyn i fi gyrraedd y gwely roedd yn
fyddarol yn fy mhen, ac wrth i mi orwedd ar y
gobennydd, rhwng y 'twt, twt' a dawns y cwpwrdd
dillad ar draed y gwely'n dod yn nes ac yn mynd
ymhell am yn ail, roeddwn i ishe llefen y glaw, ond
yn methu.

Beth tybed fydde Myng-gu'n dweud yn ei gweddi
wrth Iesu Grist ar adeg fel hon?

Beth fydde'r sgwrs rhyngddi hi a Duw?

Beth allwn i ddweud wrtho?

Allai Duw fy helpu i falle?

Tybed beth fydde Dad wedi dweud pe byddwn i
wedi gallu dweud wrtho?

Tybed a fydde fe wedi cael siom?

A Mam? Beth fydde Mam wedi'i ddweud?

Disgwyl Dedfryd

Daeth dydd Iau. Roedd Mr Hughes yn sâl.

Daeth dydd Gwener. Roedd Mr Hughes yn dal yn sâl.

Byddai'n rhaid aros nes dydd Llun i wybod a fyddai'n sylwi wrth farcio gwaith Alun a Jeffrey fod rhywbeth o'i le.

Falle, wrth gwrs, na fyddai'n marcio'r gwaith o gwbl.

Roedd y trip i Sw'r Barri yn dod yn nes.

Erbyn nos Wener, roeddwn innau'n sâl.

xi

Roedd e'n ofalus iawn o'i ferch.
Doedd gan ddim un ddynes arall
obaith cystadlu am le yn ei galon. Hi
oedd cannwyll ei lygad.

xii

Cyrn

Cyn clwydo, roedd paratoadau Myng-gu yn ddefosiwn rhyfeddol. I ddechrau, roedd y datryd. Tynnu haenen ar ôl haenen o wahanol ddillad. Y ffedog, y gardigan, y ffrog, y bais, y fest dwym, y staes, y sane hir. Cadw'r fest fach (a oedd bob amser o dan y staes) a gwisgo'r crys nos. Roedd crysau nos Myng-gu yn wyn ac yn stiff ac yn oer. Nid fel rhai Anti June a fi, a oedd yn binc ac yn neilon ac yn gynnes. Roedd fy nghrys nos i weithiau'n gwneud sbarcs o dan y dillad gwely. Doedd dim argoel o sbarcs ar grys nos Myng-gu. Ac wedyn y golchi. Plwg yn y sinc. Llenwi gyda diferyn o ddŵr twym a'i gymysgu â dŵr oer. Socian y fflanel yn y dŵr a'i rwbio gyda sebon col-tar. Golchi'n drylwyr. Taenu'r *talcum powder* o'r tun gyda'r lafant ar y caead, hwnt ac yma dros ei chorff, a Vaseline ar ei gwefusau. Yna, byddai'r sylw'n troi at y traed. Roedd traed Myng-gu yn glytwaith o blastars pinc a gwlân cotwm. Gan eistedd ar glawr sêt y tŷ bach, byddai'n codi'i choes fer ac yn mynd ati i drin y cyrn. Rhain oedd y lwmps bach a dorrai gyda chyllell fel cyllell boced yn ddidrugaredd o groen bysedd ei thraed, nes bod rheiny'n gwaedu weithiau. Roedd yn gas gen i weld Myng-gu wrth y ddefod hon, ac eto, rywsut, roedd rhaid i mi ei gwylio.

'Merch fach i, 'ma beth sy'n dod o wisgo shŵs sy'n neud dolur. Cofia ddiolch dy fod ti'n cael shŵs da, cysurus – dim hen shŵs ar ôl hon-a-hon.'

Ac ymlaen â'r llawdriniaeth gyntefig.

Roedd rhannau o Myng-gu'n f'atgoffa i'n ofnadwy o Myfanwy. Croen ei gwddw hi'n bennaf, a'r croen rownd ei bola hi lle byddai'r staes wedi bod yn gwasgu drwy'r dydd. Ac fel Myfanwy, pan oedd Myng-gu'n gwisgo'r staes, roedd hi'n galed, galed. Roedd cael carad gyda Myng-gu yn ei dillad dydd, a charad gyda Myng-gu yn ei chrys nos yn ddau brofiad cwbl wahanol. Un yn galed ac yn gwynto o bowdwr, a'r llall yn feddal ac yn gwynto o lafant a Vaseline.

Ar ôl gorffen bwtshera'r traed, roedd rhaid estyn am y siol fach. Roedd gan Myng-gu ddwy. Un lliw pinc golau a'r llall lliw lemwn. Yr un lliw yn union â ffrog y ddoli fach a guddiai'r papur yn y tŷ bach dan staer.

Ac ar ôl gwisgo'r siol fach, yr unig beth arall i'w wneud cyn dringo i'r gwely oedd penglinio. Bysen i wedi rhoi unrhyw beth i wybod beth oedd Myng-gu'n ei ddweud wrth Iesu Grist bob nos. Roeddwn i'n penglinio ac yn dweud yr un hen bader arswydus mor gyflym ag y gallwn i safio meddwl am yr ystyr:

> Rhoi fy mhen bach lawr i gysgu,
> Rhoi fy enaid i Grist Iesu,
> Os bydda i farw cyn y bore
> Duw a gymerth f'enaid inne, Amen.

Doeddwn i ddim ishe marw cyn y bore. Ond os na fyddwn i'n dweud y geiriau ofnadwy hyn, yna, roeddwn i wedi cael y syniad o rywle, falle byddai'r siawns mod i'n marw yn uwch.

Ond roedd Myng-gu'n dweud rhywbeth gwahanol bob nos. Weithiau, o graffu'n ofalus, gallwn weld ei gwefusau hi'n symud, ond allwn i ddim am fy mywyd ddeall y geiriau. Weithiau byddai'n cael sgwrs hir, dro arall, sgwrs weddol fer. Ar ôl y sgyrsiau hirach byddai weithiau'n methu codi. Roedd rhaid i fi ei thynnu ar ei thraed wedyn.

Ar ôl sgwrsio gyda Duw, byddai'n rhoi rhwyd dros ei pherm, weithiau un las, weithiau un binc, a chlips i gadw'r rhwyd yn ei lle. Defnyddiais i un o'r hen rwydi hyn yn yr Ysgol Sul unwaith i wneud *collage* o stori'r pysgotwyr dynion. Roedd rhywbeth yn sanctaidd am Myng-gu yn mynd i'r gwely.

Y peth olaf wedyn, cyn rhoi ei phen ar obennydd, oedd tynnu'r dannedd dodi a'u rhoi'n wên fud yn y gwydr ar ford fach y gwely i gael eu cosi gan ddŵr mwy pefriog nag Alpine Pop.

Bob tro byddai Myng-gu'n dod i aros, byddwn i'n cysgu gyda hi. Roedd hyn yn llawer, llawer gwell na gorfod cysgu ar fy mhen fy hunan. Roeddwn i'n saff gyda Myng-gu. Gyda Myng-gu, fyddai'r cwpwrdd ddim yn symud yn nes ac ymhellach a fyddai ddim angen bod ofn y bwci bo dan gwely. Doedd dim angen becso am Dad yn sleifio mas ac yn cael ei lyncu gan y golau ar y landin chwaith.

Yn yr un modd, pan fyddwn i'n mynd i Lanybydder i aros gyda Myng-gu, bydden ni bob amser yn cysgu gyda'n gilydd. Roedd hynny'n beth da, oherwydd roedd gwelyau Fron Fach yn beryg bywyd gyda chwymp o droedfeddi rhwng y matras a'r llawr.

Ond heno, yn tŷ ni yn yr Eglwys Newydd roedd Myng-gu yn aros. Roedd Dad wedi mynd i gyngerdd. Gydag Elena. Roedd hi'n canu ac yntau'n cyfeilio. Cyngerdd draw yn rhywle o'r enw'r Memorial Hall yn y Barri. Yn agos iawn i'r sw, siŵr o fod.

xiii

Boregodwrs

Byddai Myng-gu'n codi'n blygeiniol. Doedd hi ddim yn deall y bobl 'ma sy'n codi am wyth, ac yn colli hanner y bore.

Roeddwn i hefyd yn foregodwraig.

A'r Sadwrn hwn, a ni'll dwy fach yn cadw cwmni i chwech o'r gloch y bore, er gwaetha arogl da yr uwd, doedd dim chwant bwyd arna i. Roedd hen deimlad trwm yn fy mherfedd i. Teimlad mor drwm â thristwch.

'Dere nawrte, Miss Mwffet, ma ishe i ti fita. Ma gwaith da ni'll dwy.'

'Beth sy mla'n heddi, Myng-gu?'

'Parazono'r pêfments!'

Roedd llais Myng-gu yn llawn arddeliad a boddhad. Gan nad oedd tai mas i'w carthu, roedd sgrwbo'r llwybr o dop i waelod yr ardd yn gwneud y tro, ac wedyn sgrwbo'r pasej rhwng tŷ ni a thŷ Yvonne drws nesa, cyn gorffen trwy sgrwbo'r dreif. Y dreif oedd yr her fwyaf, gan fod Morris Minor Dad yn gollwng olew ac yn gadael patshyn du yn wahoddiad bendigedig i bob brwsh câns yn holl Gaerdydd. A sir Gaerfyrddin o ran hynny.

A phan aeth Myng-gu mas i'r garej i chwilio am bobo fwced a phâr o welingtons a brwsh, dyma achub ar y cyfle i daflu'r uwd i'r bin o dan y sinc a chlirio'r llestri.

A thra bo gweddill y stryd yn cysgu'n drwm, roedd Myng-gu a fi yn cyfarch y dydd â digon o barazôn i olchi holl Sodom a Gomorra'n lân.

Dyna pryd y cofiais i am Myfanwy. Ar ymyl y llwybr, yn yr union fan y gadewais i nhw nos Fercher, roedd swp o ddail dant y llew wedi crino'n druenus. Swper Myfanwy.

'Myng-gu!' Roedd Myng-gu'n dechrau colli'i chlyw. 'Myng-gu!' triais eto, a rhedeg ar hyd y llwybr a thynnu ei ffedog.

'Myng-gu! Dewch 'da fi i wilo am Myfanwy.'

Doedd dim angen chwilio ymhell. Roedd Myfanwy yn yr union fan y gwelais hi'n cysgu nos Fercher. A heb wybod pam, teimlais y tristwch yn fy stumog yn mynd yn is ac yn drymach.

Cydiodd Myng-gu'n ofalus yng nghragen Myfanwy a'i throi i'w gwasgu fan hyn a fan draw a cheisiodd oglais ei choesau a denu ei gwddw mas o'i chuddfan.

Trodd i edrych arnaf.

'Mae wedi marw, on'd yw hi Myng-gu?'

Distawrwydd. Am eiliad. Ac er mod i'n gwybod y byddai Myng-gu'n dweud 'odi', roeddwn i'n gobeithio â holl nerth fy nghalon y byddai'n dweud 'na'.

'Odi, bach.'

A phan gododd Dad y bore hwnnw, ei orchwyl cyntaf oedd gwneud croes bren run peth â chroes Carwyn James, y pysgodyn aur. Ac yn y twll yr oedd Myng-gu a fi wedi'i balu, claddwyd Myfanwy'n barchus a gofalus dan dorch o lygaid y dydd. Yn y pridd.

Doedd Myng-gu ddim wir o blaid y groes na'r weddi, ond ildiodd heb fawr o brotest.

Doedd neb yn yr angladd heblaw am y teulu agosaf. Doeddwn i ddim am i neb wybod. Yn enwedig Yvonne.

Ar ddiwedd yr angladd, trodd Myng-gu a dweud:

'Am mla'n ma mynd.'

Sut allwn i fod wedi bod mor esgeulus â cholli Mam a Myfanwy?

xiv

Anghofia i fyth amdanom ni'n mynd i gyngerdd yn y Reardon Smith. Yn sydyn, ac yn gwbl ddirybudd, dyma Ifs yn troi ataf ac yn dweud, 'Dwi'n mynd adref.' A heb esboniad pellach, dyna a wnaeth. Mympwyol iawn. Gwên fawr ar y tu allan, dagrau du ar y tu mewn.

Cofio wedyn iddo wrthod yn bendant ddod i gyfeilio i fi mewn cyngerdd yn Windsor. Roedd y Frenhines Elizabeth ei hunan wedi fy ngwahodd. Ond doedd dim na neb yn mynd i allu perswadio Ifs i ddod. Gormod o genedlaetholwr. Gormod o sosialydd. Gormod o egwyddorion.

Yn y Dirgel

Ar ôl dechrau mor drychinebus i'r penwythnos, trymhau wnaeth y tristwch. Erbyn nos Sadwrn roedd fy mola i mor llawn o ddagrau nes i mi fethu bwyta dim byd o gwbl, a ches fy hala i'r gwely gan Myng-gu.

Y peth da am foregodwraig fel Myng-gu oedd y ffaith ei bod hi hefyd yn barod iawn i fynd i'r gwely'n gynnar. Ac er ei bod hi'n olau dydd tu fas, a bod sŵn Yvonne a rhyw ffrindiau o'r Brownies yn chwarae ar eu beics ar y ffordd, dringo'r grisiau'n gwmni i fi wnaeth Myng-gu.

Fe'i gwyliais hi'n mynd trwy'r un hen ddefod, a heno gofynnais iddi ddweud gair dros Myfanwy yn ystod y darn lle roedd hi'n cynnal sgwrs gyda Duw.

Erbyn bore dydd Sul, roeddwn i wedi codi gwres a ches fy esgusodi rhag mynd i'r cwrdd a'r Ysgol Sul. Diolch byth. Allen i byth â bod wedi sefyll yn y sêt fawr yn wynebu pawb yn dweud adnod heddi, a byth fod wedi mynd nôl i'r capel yn y prynhawn i wneud modelau bach o bentref Iesu Grist mas o *plasticine* brown.

Ond perswadodd Myng-gu fi i ddod gyda hi i'r cwrdd nos. Roeddwn i wedi hanner bwyta bara sop mewn basned o Bovril ac yn dechrau teimlo'n well. Roedd cwmni a sylw diflino Myng-gu hefyd wedi gwneud i fi anghofio am ddydd Llun, ac am ddychweliad sicr Mr Hughes a'm tynged ansicr i.

Aeth Dad â ni yn y Morris Minor ar hyd Western

Avenue ac i'r cwrdd. Doedd braidd neb ar y ffordd. A gallech fentro fod yr ychydig geir a oedd i'w gweld arni yn anelu at ryw gapel neu'i gilydd. Doedd Dad ddim yn dod i'r cwrdd mwy. Ac wedi ein gollwng ni tu fas i ddrws y capel, gwyliais y car yn mynd o'r golwg, a'i adain fach oren yn wincio o ymyl y drws. Ffordd fach y car oedd hon i ddweud 'gw-bei' wrthyf i.

Roedd mynd i'r cwrdd nos yn antur. Doedd dim plant yn dod i'r cwrdd nos, ac roedd y capel a fu mor llawn yn y bore yn wacach o lawer. Gan fod llai o bobl, roedd llai o arogl pobl a mwy o arogl polish.

Eisteddodd Myng-gu a fi yn y sêt arferol a dechreuais ar y gêmau arferol. Sawl un oedd yma? Sawl dyn? Sawl menyw? Sawl menyw'n gwisgo het? Yna, troi fy sylw at rifau'r emynau ar y bwrdd ar bwys yr organ. Adio'r rhifau, tynnu'r rhifau. Lluosi'r rhifau.

Ac wrth ddechrau lluosi y dechreuodd wynebau Alun Hopkins a Jeffrey Gable a Mr Hughes ddod allan o bibau'r organ ac o'r reilings glas a melyn o flaen y galeri a nofio o gwmpas y capel nes eistedd yn y côr rhyngof i a Myng-gu.

Gyda hynny, cododd Mr Richards fys pwyntio'i law dde, a'i anelu rywle tua'r cloc ar flaen y galeri. Tynnodd anadl. A'i dal. Disgwyliodd y ffyddloniaid yn y saib dramatig arferol. Ac o'r diwedd, cododd ei destun:

Llyfr Cyntaf Samuel. Yr unfed bennod ar bymtheg. Adnod saith.

'Oherwydd nid edrych Duw fel yr edrych dyn;

canys dyn a edrych ar y golygiad; ond yr Arglwydd a edrych ar y galon.'

Daeth y bys i lawr. Plethodd Mr Richards ei freichiau a'u gorffwys ar y Beibl. Plygodd ymlaen a chan syllu'n syth arna i dros ei sbectol, dywedodd rywbeth am eiriau rhyw ficer o Lanymddyfri. Mae hwnnw ar bwys Llanybydder, meddyliais. Ac yna, taranodd:

'Y mae Duw yn gweld y cwbwl
Pan na byddo dyn yn meddwl . . .'

Cyn sibrwd yn arswydus:

'Chi'n gweld,' SAIB. 'Mae Duw,' SAIB. 'Medde Mathew,' SAIB.
'Yn gweld yn y dirgel!'

'Myng-gu, Myng-gu.'
Roedd hi'n rhy hwyr.

Daeth holl gynnwys y swper sop yn ôl a glanio'n dwt yn fy ngharffed, a chan ddal hem fy ffrog fel cwdyn, mas â Myng-gu a fi i'r cyntedd. Daeth Mrs Ifans mas gyda ni, ac agor drws y festri.

Ac mewn ffws a ffwdan, er mawr ddryswch a thristwch i mi, ces ordors i dynnu'r ffrog a gwisgo un o sachau bugeiliaid y ddrama Nadolig, nes daeth y car bach gwyrdd yn ôl, a'i winc oren lawen heb y syniad lleiaf o bicil ei gyd-deithwraig goll.

Cyfaddef

Allwn i ddim dal mwy. Os oedd Duw'n gweld, roedd Mr Hughes yn gweld. Ac ar ôl cael bath a gwisgo crys nos glân, dyma alw ar Dad. Eisteddodd ar ymyl y gwely.

'Beth sy'n bod, bach?'

Doeddwn i ddim yn gwybod lle i ddechrau'r stori. Na lle i'w gorffen. A daeth holl hanes y bygythiad a'r trip a'r trueni am Alun a Jeffrey a'r ofn a'r balchder a Siân Evans a'i hedrychiad a Myfanwy, yn un rhibidirês o eiriau trist. Cyn i fi gyrraedd diwedd y stori roedd Myng-gu wedi dod i wrando, a safodd yn y drws fel barnwr mewn llys a rhwyd binc ar ei phen yn lle wig, a siol fach lliw lemwn yn lle'r clogyn du a ffwr yn gorffwys ar ei hysgwyddau crwm.

Roedd llaw fawr feddal, dyner Dad am fy nwy law i ac roedd ofn arna i edrych arno.

Ond roedd rhaid i fi ddweud un peth eto.

'Ti wedi cael siom, Dad?'

Synhwyrais fod Dad yn troi i edrych ar Myng-gu a hithau'n cau ei gwefusau'n dynn a gwenu gan ysgwyd ei phen ar yr un pryd.

Roeddwn i'n gwybod ei bod hi'n saff i fi edrych.

'Dere nawr wir. Mae'n debyg y bydd Mr Hughes yn grac, ac mae'n debyg na ddylset ti fod wedi gwneud y syms dros y bois. Ond dwi'n deall yn iawn pam. A fory, fe fyddwn ni'll dau yn mynd i'r ysgol i ddweud wrth Mrs Rees-Evans.'

'Na!'

'O byddwn.'

'Na! Allwn ni ddim, Dad. Dwyt ti ddim yn deall. Mae Mrs Rees-Evans yn gallu bod yn gas, a bydd hi'n dweud wrth Mr Hughes ac mae Mr Hughes wedi defnyddio'r gansen ar ddau o blant y dosbarth yn barod 'leni.'

'Angharad!' Tro Myng-gu oedd hi nawr. 'Bydd Myng-gu'n dod i'r ysgol hefyd. A fydd neb yn rhoi'r gansen i'n lodes fach i. Dim cyn rhoi'r gansen i fi gyntaf. A 'na fi wedi gweud.'

A chyda hynny, cododd y cwmwl uwch fy mhen. Rhoddodd Dad ei fraich yn dynn amdanaf, a dyma Myng-gu'n actio'r ddrama fawr o Mr Hughes yn ei bygwth hi gyda ffon nes bod y tri ohonom yn chwerthin.

Gwelais Myng-gu'n edrych ar Dad. Roedd golwg ddiolchgar ar ei hwyneb. Gwenu wnâi Dad.

Cyn mynd i gysgu, daeth Myng-gu â darn o dost a menyn a chwpaned o Ribena twym i fi.

Roeddwn i'n teimlo'n well. A rywsut yn gwybod y byddwn i'n goroesi fory . . . er y buasai'n well gen i neidio o'r dydd Du i'r dydd Gwyrdd, heb gyrraedd y dydd Gwyn o gwbl.

xvii

It's as if he keeps company with some
invisible, inaudible presence at times.
It can be most disconcerting.

4

Gweld

i

Mae Gwirionedd gyda 'nhad,
Mae Maddeuant gyda 'mam.

Waldo

Doeddwn i ddim wedi colli Mam.
Sut allen i golli rhywbeth
nad oeddwn i erioed wedi'i gael?

Didcot Parkway

Roedd hi'n troi'n noswaith braf a'r machlud yn ymestyn bysedd ei ddwylo agored tuag ataf, yn wahoddiad i gyd. Erbyn hyn roedd e'n cynnig awyr mor binc â'r golau a fyddai'n llifo drwy ffenestri lliw'r capel ac yn llenwi cyrddau hwyr yr haf.

Roedd teulu'r trên wedi newid. Ar ôl cynhesu'r seddi, roedd y dynion busnes yn eu bresys coch a'u crysau glas wedi codi a gadael, a gwneud lle i famau a phlant a pharau wedi ymddeol a Gwyddelod. Pawb, fel y bu hanes y ddynoliaeth erioed, am wn i, yn mynd am y gorllewin.

Mynd am y dwyrain wnaeth Dad. Falle mai dyna beth oedd y broblem. Fe a Mam yn gadael ardal wledig sir Gaerfyrddin a mynd am Gaerdydd. Ac eto, rhyw hanes digon tebyg oedd gan holl blant fy nosbarth i yn ysgol Bro Taf. Pob un â'i fam a'i dad yn dod o rywle arall. Pob un â'i eiriau bach ei hunan am wahanol bethau. 'Yli', 'drych', 'weret', 'bonclust', 'hances', 'necloth', 'pallu', 'cau gwneud', 'dwnim', 'soin gwbod', 'saimo', i gyd yn toddi mewn Tŵr Babel o dafodieithoedd ar yr iard, a'r geiriau i gyd yn cael eu canu i alaw debyg i alaw'r Inglîs ar yr iard gyferbyn. Yr un alaw, gwahanol eiriau. A phawb o'r Welshîs, er mawr ddryswch a gofid i'r athrawon a'r rhieni, yn dweud cyn diwedd eu gyrfa yn yr ysgol gynradd: 'mae fi yn' a 'rhy gormod' a 'fi gyda'.

Ar ôl tynnu mas o'r orsaf, daeth y gard pwysig, prysur drwy goridor cul y trên unwaith eto gan ganu ei gais 'Tickets please'. Roedd wedi fy mhasio i mor aml erbyn hyn nes i ni ddod yn hen ffrindiau.

'We're getting there, lovely,' meddai, 'about half way.'

Beth yw gwir fesur taith? Pellter neu amser?

Tynnais anadl ddofn a theimlo'r cryndod yn nwfn . . . yn nwfn lle tybed? Mewn lle dyfnach na'm calon, dyfnach na'm stumog, dyfnach na dim. Yn gymysgedd o gyffro ac ofn, o dristwch a llawenydd, yn llawn o ryw yfory gwag.

Didcot. Diddymen. Did he. Dadi.

iii

Dyn parod ei gymwynas. Dyn prin ei
eiriau. Ac ar ddiwedd pob datganiad o
farn, tueddai i holi 'Chi'n cytuno?'
Mae wedi 'cwmpo mas' gyda Duw ac
eto mae'n arddel holl nodweddion y
Bregeth ar y Mynydd. Yn bur ei galon,
yn addfwyn, yn dangnefeddwr.

Brethyn

Daeth Anti June lan i aros yn unswydd i helpu gyda'r paratoi at yr ysgol uwchradd. Roeddwn i wedi cael rhestr gan yr ysgol ac roedd yn arswydus o hir.

Roedd Myng-gu wedi dweud y byddai'n prynu *satchel* i fi. 'Sachell' oedd ar y rhestr, ond *satchel* oedd gair Myng-gu. *Satchel* ledr. Ac mewn siop fach yn Caroline Street oedd yr unig le i gael sachellau lledr da. Caroline Street. Stryd rhyfeddod. Bob bore dydd Sul byddai llawr y stryd wag yn llawn papur tships yn adrodd stori wyllt nos Sadwrn. Roedd arna i ofn Caroline Street ac roedd culni drws y siop ac arogl dieithr lledr ac oelcloth yn drwm ac yn dweud 'cadw draw'.

Ond mewn roedd rhaid mynd, ac ar ôl prynu'r sachell, a fyddai'n para am byth, treuliodd Anti June a fi weddill y prynhawn yn Evan Roberts yn chwilio am ofynion gwisg yr ysgol fawr.

Wrth i'r dydd fynd yn ei flaen, roeddwn i'n mynd yn fwy ac yn fwy anhapus. Roedd y tiwnics brethyn yn cosi. Roedd y *blazer* ddu yn edrych fel un bachgen. Roedd y crys chwaraeon yn bigog ac yn galed fel cardbord a'r sgert ddewisodd Anti June i fi'n llawer iawn, iawn rhy hir. 'Fe dyfi di, twel.'

'Ie, ond pryd?' holodd fy llais y tu mewn i fi.

Sane pen-glin? Neu deits duon? Teits. Byddai hynny'n arbed hen, hen broblem y sane'n llithro lawr at y pigyrnau. Nicyrs du a fests gwyn. Yna'r drafodaeth boenus gyda'r ferch yn Evan Roberts ynglŷn â'r posibilrwydd o fod angen bra neu beidio. Doeddwn i ddim ishe bra, a doeddwn i ddim ishe trafod bras gyda phobl ddieithr – ac roedd hynny'n cynnwys Anti June.

Sgidie duon. Roedd rhaid mynd i Clarks am y rhain, a'r un hen broblem yn codi fan 'na eto. Cyn rhoi fy nhroed ar bren mesur metel y siop a theimlo'r tâp meddal ac ewinedd hir y ferch yn cosi fy nhraed, gallwn fod wedi ysgrifennu'r sgript:

'My goodness, we do have wide feet, don't we?'

Pam 'we'? Bob tro 'we'? Oedd ganddi hi draed llydan hefyd? Roeddwn i'n amau rywsut. Doeddwn i wir ddim yn deall y bobl fawr a fynnai ddweud 'we' wrth sôn am blant. Roedd yr athrawes ffidil hefyd yn euog o hyn:

'I don't think we've been practising much this week, have we? Are we too busy?'

Fel y mochyn bach . . . wî, wî, wî.

Unwaith, roedd Dad wedi cyfeilio i rywun mewn cyngerdd lle roedd Tony ac Aloma'n canu, a Hogia'r Wyddfa. Roedd wedi dod â llofnod Aloma adre i fi. Doedd Yvonne erioed wedi clywed am Aloma, ond roedd hi bron â marw ishe ei llofnod hi pan welodd hi fe yn fy llyfr llofnodion i. Hi a Hywel Gwynfryn.

'They're really very famous, you know.'

'How famous?'

'Very.'

'As famous as David Cassidy?'

'More . . . Dad knows them.'

Absenoldeb

Bu Dad yn cyfeilio'n aml i Elena. A byddwn i'n aml yn mynd gyda nhw. Roeddwn i'n eitha hoff o Elena. Ond roedd Elena'n tueddu i fynd a dod. A doedd hi ddim wedi dod draw ers misoedd nawr ac ers Elena roedd llawer mwy o gantoresau'n galw ar nos Fercher ac roedd Dad yn mynd yn fwy ac yn fwy prysur ac yn cyfeilio'n amlach ac yn amlach.

Roedd Dad yn cael gwahoddiadau i berfformio fel unawdydd hefyd ac roedd y coleg wedi gofyn iddo wneud cyfres o gyngherddau yn y Castell, un y mis o fis Medi i fis Chwefror.

Canai'r ffôn o hyd ac o hyd ac yng nghanol yr holl brysurdeb hwn byddai Dad yn syllu'n amlach i'r pellter ac yn mynd yn, wel, yn 'absennol'.

Roedd y BBC yn galw am ei wasanaeth ac roedd byth a hefyd yn cyfeilio i hwn a hwn a hon a hon.

A byddai mwy o bobl yn galw i weld Dad, a mwy o alw ar Dad i fynd i weld pobl.

Cynyddodd y gwahoddiadau i bartïon hefyd. Ac roedd y partïon hyn yn mynd yn fwy ac yn fwy diflas. Newidiodd yr arogl yn y partïon. Mwy o fwg sigârs a mwy o arogl gwin melys. Mwy o bersawr merched. Ac arogl reis.

Cuddio

Ers y diwrnod y torrodd Dad ffrinj fy ngwallt roeddwn wedi gwybod fy mod i'n hyll. Ac er bod y rhan fwyaf o fechgyn y dosbarth yn dweud eu bod nhw ishe fy mhriodi i a Siân Evans, roeddwn i'n gwybod eu bod nhw ishe fy mhriodi i am fy mod i'n ffein wrthyn nhw a Siân Evans am ei bod hi'n bert. Roedd fy ngwallt wedi tyfu ac wedi'i dorri mewn steil 'bòb' ac o'r diwedd roedd gen i ddillad callach erbyn hyn. Ryw ddiwrnod, cyn i Elena ddiflannu'r tro cyntaf, am wn i, galwodd heibio, chwarae teg, â dau gwdyn o ddillad newydd yn sbesial i fi. Ac am y tro cyntaf, dyma fi'n taflu bagiau hand-mi-downs Annette, fy nghyfnither o Lanybydder, i gefn y cwpwrdd dillad.

Serch hynny, roeddwn i'n gwybod y sgôr. Falle mod i'n edrych yn 'OK'. Falle. Yn edrych yn OK i'r byd a'r betws, ond go iawn roeddwn i'n hyll fel Myfanwy. Yn rhyfedd, doedd hyn ddim yn fy mhoeni i'n aml. Roedd yn ffaith. Ffaith i'w derbyn. A dyna ni. Roedd Mam wedi marw. Ffaith arall. Doedd hon ddim yn ffaith mor hawdd i'w derbyn. Weithiau byddwn i'n dyheu am gael mam, nid yn gymaint fy mam i, am nad oeddwn i'n ei hadnabod hi, ond dyheu am unrhyw fam. Dyheu nes bod dolur yn fy ysgyfaint. Doeddwn i ddim yn dyheu am gael bod yn bert. Jyst weithiau byddwn i'n meddwl y byse hi'n neis.

Byddai'r weithiau hyn yn digwydd fel arfer yn un

o bartïon Dad. Ac ar ôl cyrraedd pa dŷ bynnag, boed yn Radyr neu yn y Rhath, a gweld y menywod mawr i gyd yn eu harddwch yn gwenu ar Dad, byddwn i'n chwilio am y piano ac yn falch o guddio ar bwys y pedals o dan ei nodau. Oherwydd doedd y drefn byth yn newid. Yn hwyr neu'n hwyrach byddai Dad yn dal i gyrraedd y piano, a byddai pawb yn y parti yn cael eu denu at fysedd Dad. Doedd dim bysedd yn y byd allai wneud i nodau piano ddawnsio neu chwerthin neu ruo neu sibrwd, neu lefen, fel bysedd Dad.

Galar

Goroesodd Dad a fi fy mhartïon pen-blwydd i o saith i un ar ddeg. Uchafbwynt y diwrnod, bob tro, oedd y gêm 'Faint o'r gloch, Mr Blaidd'. O'r holl ddynion oedd yn dadau i ferched fy nosbarth i, dim ond fy nhad i fyddai'n aros adre amser parti. A doedd dim i guro cael blaidd mawr allai ruo mor arswydus; roedd yr ofn gymaint yn fwy na phan fyddai rhyw fam a'i gwichian, neu'n waeth, ryw ferch o'r dosbarth, yn chwifio'i breichiau a'i llygaid dan fwgwd y sgarff. Roedd edrych ymlaen mawr at ddod i mharti i bob blwyddyn ar gownt y gêm hon.

Doedd neb fel pe bydden nhw'n ystyried na ddaliodd y blaidd yr un oen erioed. Yn y bygythiad yr oedd yr hwyl i gyd. Y posibilrwydd arswydus.

Ond roeddwn i'n dal i fod ishe osgoi pen-blwydd. Nid yn unig oherwydd y parti. Wythnos ar ôl pob pen-blwydd byddai Dad a fi'n troi'r Morris Minor i gyfeiriad Llanybydder. Os oedd y diwrnod yn digwydd taro ar benwythnos, bydden ni'n mynd ar ôl brecwast. Os ar ôl ysgol, byddai Dad yn disgwyl amdanaf ar y bys-stop a bant â ni.

Bob tro arall roedd cael mynd i Lanybydder yn trît. Roedd pawb yno yn fy adnabod a phawb yn galw yn Fron Fach, dim ond clywed si fy mod i wedi cyrraedd. Ces fy ngwneud yn Carnival Princess unwaith. Anrhydedd fawr. Roedd prinder merched bach deng mlwydd oed yn digwydd bod yn Llanybydder a dymuniad unfrydol y pwyllgor oedd gofyn i fi '. . . achos er mai un fach o Gaerdydd yw hi, mae'n perthyn i Lanybydder'.

Cynhyrfwyd Anti June a Myng-gu yn lân gan y gwahoddiad hwn, ac rwy'n taeru na phwythwyd yr un ffrog briodas gyda chymaint o ofal â ffrog wen tywysoges y carnifal y flwyddyn honno. Roedd hyd yn oed fi wedi anghofio dros dro fy mod i'n hyll wrth i'r blodau yn fy ngwallt guddio'r clustiau cam a'r ffrog hir ffitio'n berffaith. Am y tro cyntaf erioed ces i wisgo *eyeshadow*. Annette oedd Carnival Queen, wrth gwrs, ac roedd hi'n brydferth. Gwallt melyn hir oedd gan Annette, ac er ein bod ni'n amlwg yn perthyn, y teimlad ges i erioed oedd mai hi oedd y fersiwn bert ohonof fi. Rhyfedd sut roedd yr un llygaid, fwy neu lai, yr un siâp wyneb, fwy neu lai, yr un geg, fwy neu lai, yn fwy ac yn llai pert ar y naill a'r llall ohonom. Braidd yn annheg, mae'n debyg. Ond doeddwn i ddim yn mynd i golli cwsg dros y mater.

Roeddwn i weithiau'n colli cwsg dros Mam.

Ac un o'r troeon hynny oedd tua wythnos ar ôl fy mharti pen-blwydd.

Nid taith, ond pererindod, oedd y siwrne flynyddol hon i Lanybydder. A chyn galw yn Fron Fach byddai Dad a fi'n troi'r car i mewn i'r hanner lleuad o flaen Bethania. Roedd hi'n dawel, dawel ym mynwent Bethania. Dim gair gan Dad na fi. Fy llaw i'n dynn yn ei law dyner. Yr un blodau fyddai gyda ni bob tro. Tusw bach o bys pêr a'u lliwiau'n feddal. Yna, tacluso. Roedd tacluso'r bedd yn help. Nid fod angen tacluso rhyw lawer. Roedd Myng-gu ac Anti

June yn gwneud yn siŵr nad oedd chwyn yn cael fawr o gyfle i afael ym medd Mam. Ond roedd hi'n rhyddhad ffeindio rhyw wreiddyn neu ddau i'w tynnu. Rhyddhad cael gwneud rhywbeth ymarferol dros Mam.

Bob tro y byddwn i'n dod i fynwent Bethania roeddwn i'n sylwi o'r newydd ar y geiriau ar y garreg. A phob tro roeddwn i'n siŵr na fydden i byth yn eu hanghofio, ond bob tro, roedd cwmwl yn dod yn hwyr neu'n hwyrach dros fy atgof i o'r garreg. Fel pe byddai rhywbeth yn ceisio fy atal rhag cofio'r manylion. A'r tro hwn craffais o'r newydd:

Er cof am Mary,
hoff briod Ifan a mam Angharad
18 Rhagfyr 1935 – 14 Mehefin 1965
Rho im yr hedd

Roedd rhywbeth yn rhyfedd yn y geiriau 'hoff briod', fel pe byddai gan Dad sawl gwraig fel y dynion yn y Beibl, ac ohonyn nhw i gyd, Mam oedd yr un yr oedd e'n ei hoffi fwyaf.

Angharad. Peth od yw gweld eich enw ar garreg fedd.

Yr eiliad hon, fflachiodd tywyllwch o'm blaen. Caeais fy llygaid yn dynn nes bod sbotiau bach llwyd ac arian yn dawnsio tu ôl i'm hamrannau. Llaciais y cyhyrau am fy llygaid a gadael i'r golau ymladd ei ffordd drwy'r llenni croen. Gwelwn, yn ddu a du golau a llwyd a llwyd golau ddwy neu dair o gerrig beddi yn ceisio plannu eu hunain ar fy ngolwg.

Am y tro cyntaf, roeddwn yn gweld.

14 Mehefin 1965. 14 Mehefin 1965. 14 Mehefin 1965.

Agorais fy llygaid a rhedeg o'r fynwent at y car. Daeth Dad ar fy ôl a'r blodau'n dal yn ei law.

'Angharad.'

Doeddwn i ddim am droi rhag iddo weld. Roedd y teimlad trwm wedi dod nôl a'r lleisiau'n deialogu'n uchel yn fy mhen. Twt, twt, Angharad. Twt, twt.

Teimlais law dyner Dad ar fy ysgwydd a throis i gladdu fy mhen yn ei gesail.

'Sori, Dad.'

'Sori am beth, Angharad?'

'Sori am Mam.'

'Hei, dim fel 'na mae 'i gweld hi.'

Llofrudd

Ond fel 'na roeddwn i'n ei gweld hi.

Angharad Gwyn. Llofrudd. Llofrudd Mam.

A phan fyddwn i weithiau yng nghanol sŵn – sŵn dosbarth, sŵn iard, sŵn carnifal – byddwn i'n clywed tu mewn i mi lais yn dweud mod i'n hyll a mod i'n llofrudd hyll. Dyna pam roeddwn i'n hyll. Am fy mod i'n llofrudd. Doeddwn i ddim yn hoffi fy hunan yn y sŵn hwnnw. Dyna pam roedd hi'n well gen i fod ar fy mhen fy hunan. Roedd y lleisiau'n dawel bryd hynny.

ix

Dad

Yn ddiweddar roeddwn i wedi dechrau sylweddoli mod i wedi gwybod rhywbeth erioed. Mae gwahaniaeth rhwng gwybod rhywbeth a sylweddoli eich bod chi'n gwybod rhywbeth. Roeddwn i wedi gwybod erioed fod Dad yn ddau ddyn gwahanol. Dyn absennol a dyn presennol. Roedd gen i syniad go lew hefyd pryd fyddai Dad yn troi o'r naill i'r llall. Pan oedd Dad yn bresennol, roedd yn siarad a chwerthin a chanu Bach ar y piano. Pan oedd Dad yn dechrau troi'n absennol, doedd e ddim yn siarad rhyw lawer a byddai'n ymarfer Rachmaninov a sonatas Beethoven. Pan oedd Dad wedi troi'n absennol hollol, roedd e'n gwbl fud, a byddai'n dod allan o'i stydi gyda phensel yn ei law i wneud dished o de, a gwagio'i bib yn y bin o dan y sinc. Roeddwn i hefyd yn gwybod yn union, yn y cyfnodau absennol hyn, y byddai wedi colli'r tun baco a'r *pipe cleaners* rhwng un ymweliad â'r gegin a'r llall. Heb ddweud dim, a heb iddo sylwi, byddwn i'n eu ffeindio a'u rhoi iddo a'i wylio'n estyn ei gyllell boced, crafu'r lludw o'i bib, rhoi tap, tap ar ochr y sinc *stainless steel*, agor drws cwpwrdd y sinc a thaflu'r lludw rhydd i'r bin. Gwthio'r weiren wen i lawr coesyn y bib wedyn, a'i throi. Taflu'r weiren. Ac agor y tun Golden Virgina a stwffo'r baco i gwpan fach y bib. Chwilota ym mhoced ei drwser cordiroi am y bocs matshys a sugno'n hir ar goesyn y bib wrth gau un llygad i anelu'r fatshen yn well at y das wair. Drwy'r crac yn yr hatsh rhwng y rŵm gore a'r gegin, byddwn i'n ei wylio. Weithiau, byddai'n gadael y ddefod ar ei hanner ac yn mynd yn ôl i'r stydi ar frys dan arwain rhyw gerddoriaeth anghlywadwy gyda choesyn ei bib. Bryd hynny, byddwn i'n brysio i'r gegin i estyn y bensel a fyddai'n ddi-ffael wedi'i hanghofio ar ymyl y sinc ac yn sleifio i'r stydi a'i rhoi ar y papur erwydd ar y ddesg. Heb fod Dad yn sylwi.

Byddai'n dod allan o'r cyfnodau absennol hyn ar ôl rhai oriau. Weithiau bydden nhw'n para, i bob pwrpas, am rai diwrnodau. Byddwn i'n mynd i'r gwely, heb iddo sylwi, a chodi a mynd am y bws, ac er ei fod yn dweud 'nos da' a 'bore da' ac yn rhoi cusan ar fy moch ac yn gofyn: 'Ydy popeth 'da ti?', roeddwn i'n gwybod nad oedd e wir yn sylwi.

Ac ar adegau fel hyn, byddai bob tro'n holi: 'Arian Cinio?'

Oherwydd, am ryw reswm, er mai dydd Llun oedd diwrnod Arian Cinio, ar y diwrnodau absennol hyn, roedd y cwestiwn hwn yn dod mas yn ddi-ffael.

Ac wedyn roeddwn i'n gwybod yn siŵr nad oedd e'n bresennol. Pe byddai Yvonne yn galw i chwarae yn y cyfnodau hyn roedd hi'n deall hefyd fod yn rhaid sleifio o gwmpas y tŷ heb wneud sŵn.

Pan ganai'r ffôn, roeddwn i'n gwybod, heb fod neb wedi dweud wrtho i, i ddweud bod Dad yn 'dysgu' ac i gymryd neges. Weithiau byddai rhestr hir o enwau yn disgwyl iddo ffonio nôl. Roedd rhai enwau'n gwneud Dad yn flin, a gydag amser dysgais beidio â'u nodi bob tro.

Roedd y post weithiau'n gwneud Dad yn flin. Yn enwedig post coch.

Gwisg Ffansi

Gwisgo lan oedd un o'r gêmau gorau. Roedd gen i focs gwisgo lan rhyfeddol. Hen ddillad ar ôl tipyn o bawb. Un o drysorau'r bocs gwisgo lan oedd cadno go iawn gyda llygaid a chynffon a chlasp. Roedd yn gwynto o fenywod y capel. Trysor arall oedd dwy bebi-dol ar ôl Anti June. Roedd cael dwy yn golygu y gallai Yvonne a fi wisgo'r un peth ac roedd posibiliadau enfawr yn deillio o hyn. Pethau ffrils oedd y gwisgoedd hyn, crys nos bach yn haenau i gyd a *dressing gown* fach yr un peth. Neilon. Un binc ac un las. Trysor arall oedd y set a brynais yn y farchnad yng Nghaerdydd. Ar ôl mynd heibio'r pysgod roedd un stondin yn wynebu'r drysau mawr yn gwerthu pob math o bethau chwarae. Ac mewn cwdyn plastig tryloyw roedd 'Princess Set' – sef band gwallt plastig gyda gemau emrallt a saffir, pâr o sgidie sodle uchel gwyn, plastig, a phalet bach plastig gyda lipstic coch, coch ac *eyeshadow* glas, glas. Roedd Yvonne wedi dwlu ar y set ac wedi begian ar ei mam i gael un yr un peth. Diolch byth fod Gramps wedi bodloni.

Mam Go Iawn

Ar ôl yr holl siopa, a chael gafael yn archeb faith rhestr yr ysgol uwchradd, o'r sachell i'r sgidie, dyma fynd i ddal y bws yn ôl adre ac Anti June a fi'n drymlwythog â bagiau. Doedd Anti June ddim yn gyrru ei char bach glas i ganol traffic y dre. Gormod o ofn. Ofn parco. Ofn rowndabowts ac ofn goleuadau traffic. Roedd hi wedi dysgu ei hunan sut i ddod o Lanybydder i'r Eglwys Newydd. Ond dim pellach. Ac o'r diwedd daeth y bws, ac er fy mod wedi mynd yn rhy hen i fod ishe mynd i'r llawr top bob tro, doedd dim sedd o gwbl ar y llawr gwaelod. Felly dringo'r grisiau cul amdani. Roedd hi'n braf, yn rhy braf i fod ar fws, a'r gyrrwr yn amlwg ar hast ishe mynd adre. Dechreuodd cyn ein bod wedi cyrraedd y top, a bu bron i fi syrthio nôl ar ben Anti June wrth i'r ddwy ohonom golli balans.

Roedd hi'n gyfyng ar y top hefyd – a dim dwy sedd ar bwys ei gilydd. Gwahanu amdani. Ces i sedd yn y blaen, ac er fy mod i'n llawer rhy fawr i esgus gyrru'r bws fel y diwrnod aeth Dad a fi i brynu Myfanwy, roedd hi'n braf cael gweld y byd i gyd mor glir.

O'r sedd hon gallwn glywed yr hen wraig ar bwys Anti June yn trio'i gorau i gynnal sgwrs.

'No need to ask if she's yours,' meddai, a heb i mi droi, roeddwn i'n gwybod eu bod ill dwy yn syllu arna i.

'Spittin' image she is an' all.'

Saib.

Teimlais fy hun yn anniddigo. Fyddai Anti June byth yn cyfaddef nad hi oedd fy mam i. Yn wir, weithiau gallwn daeru ei bod hi'n mynd mor bell â chreu'r camargraff yn fwriadol. Bu bron i fi droi rownd a dweud wrth yr hen wraig, 'She's not my mother. Only my aunt.' Ond roeddwn i'n gwybod y byddai hynny'n gwneud dolur i Anti June. Yn enwedig y gair 'only'. Felly wnes i ddim. Ond dyna oeddwn i ishe ei ddweud. Fyddai mam go iawn ddim wedi gwneud ffys am brynu bra o flaen menyw ddierth mewn siop.

'How old is she, lovely?' A heb aros am ateb, 'Dêr, doesn't time fly. I remember when my two were that age. Best time of my life it was. You make the most of it – she'll soon be wanting to go out with the boys an' all sorts an' that's when the fun starts. You can't trust the pubs these days. I hates it when they goes out.'

Doedd dim ymateb gan Anti June. Am unwaith roedd hi'n ddywedws. Y siopa a'r gwres wedi cael y gorau o'i thafod prysur. Ac roeddwn i'n ddigon balch. O dan amgylchiadau arferol byddai clustiau'r wraig ddierth ar y bws wedi bod yn darged perffaith i stori'r carnifal a'r stori amdanaf i'n gallu darllen cyn mynd i'r ysgol – a phob stori arall.

Deuai dail y coed i sgubo gwres yr haul o do'r bws wrth i ni droi o bentref Llandaf tua'r afon a thros y bont. Ar ôl mynd trwy Llandaff North, fel byddai Yvonne yn dweud, neu Ystum Taf, fel byddai Dad yn dweud, codais i ganu'r gloch.

Edrychais nôl i wneud yn siŵr fod Anti June yn dechrau meddwl am ddod a gallwn weld bod ei dwy law yn dynn am ddolenni'r bagiau. Mae tipyn o grefft mewn dod allan o fws. Thâl hi ddim i godi o'ch sedd yn rhy gynnar rhag i frêc y bws eich taflu ymlaen, ond roedd ofn arna i y byddai'r bws yn hwylio heibio'r stop pe na byddai'r gyrrwr wedi clywed y gloch. Ac roeddwn i'n gwybod eisoes mai hen un ar hast oedd hwn.

'Af i lawr, Anti June,' meddwn.

'Gan bwyll.'

'Take care, love. Best days of your life, mind.'

A lawr â fi drwy'r grisiau cul a dal yn dynn yn y polyn ar y gwaelod gan wneud yn siŵr fod y gyrrwr wedi ngweld.

Gydag un ebwch anfodlon o grombil yr injin ac un hissss, daeth y bws i stop, a gallwn glywed sandalau Anti June yn clopian drwy'r grisiau y tu ôl i mi. Arhosais amdani ar y pafin.

Doeddwn i ddim falle wedi sylwi bod golwg lwyd arni, ond roeddwn i wedi sylwi ar ei thawelwch. Ac a bod yn hollol onest, roeddwn i'n ddiolchgar. Weithiau byddai cleber Anti June yn fy mlino i. Dyma un o'r meddyliau y byddai'r lleisiau'n hoffi f'atgoffa ohono yn ddiweddarach.

Croesi'r ffordd yn ofalus a dechrau dringo'r llwybr a arweiniai tu ôl i'r tai i mewn i waelod ein stryd ni.

Roedd barryn haearn yn hollti'r llwybr yn ddau a byddai pobl yn cadw ar yr ochr chwith, gan sicrhau bod cerddwyr y ddau gyfeiriad yn rhoi lle i'w gilydd.

Roedd y busnes 'cadw ar y chwith' yn fy nrysu i bob tro. Dyma oedd un o reolau mwyaf arswydus yr ysgol. Roedd Mr Hughes wedi rhoi stŵr yn y gwasanaeth o flaen pawb i ddau fachgen a gerddodd unwaith ar yr ochr anghywir wrth ddod lawr y grisiau concrit a pheri i Miss James golli coffi poeth ar hyd ei blows.

Ers i mi wisgo oriawr roedd hynny'n help – y fraich â'r oriawr oedd y chwith, y llall oedd y dde. Os nad oeddwn i wedi cofio gwisgo fy oriawr, roedd rhaid i mi gymryd pensel ddychmygol ac esgus ysgrifennu – gan wybod mai gyda'r llaw dde y byddwn i'n gwneud hynny.

Unwaith, wrth fwyta swper yn Fron Fach roedd Myng-gu wrthi'n fy siarsio i ddal y fforc yn y llaw chwith a'r gyllell yn y llaw dde, ond wrth edrych ar draws y ford arni hi, roeddwn i'n gweld ei bod hi'n eu dal yn union i'r gwrthwyneb. Yna, dangosodd hi dric i fi. Gan ddal yn dynn yn ei chyllell a'i fforc a heb drwco dwylo, cododd o'i sedd a dod o gylch y ford yn araf, araf a sefyll y tu ôl i fi, rhoddodd ei breichiau'n gysgod i'm rhai i, a daeth ei dwylo lawr naill ochr i'm plât gyda'r gyllell a'r fforc yn union lle roedd fy rhai i. Magic! Aeth yn ei hôl at ei sedd ei hunan, yn dal yn dynn yn yr offer, ac ar fy ngwir, roedden nhw'n union yn yr un lle, yn hollol i'r gwrthwyneb i'm rhai i. Fforc yn wynebu cyllell, cyllell yn wynebu fforc.

Edrychais yn ôl i weld a oedd Anti June yn dilyn, a gwelais hi'n pwyso ar y barryn a'r bagiau ar lawr.

'Chi'n iawn, Anti June?'

'Ydw, cael rest fach, 'na i gyd.'

Doedd e ddim yn syniad da iawn i afael yn y barryn er ei fod yn help i'ch tynnu chi lan y llwybr serth. Roedd y barryn yn gadael gwynt drwg ar eich dwylo, yn enwedig yn yr haf. Gwynt haearn. A ta beth, roedd gen i ddau gwdyn ym mhob llaw a dim un llaw'n rhydd i ddal dim byd heddiw.

Ffordd hyn fydda i'n dod bob dydd i ddal y bws i'r ysgol fawr o fis Medi ymlaen, meddyliais.

Trois eto.

'Chi'n iawn, Anti June?'

Ond roedd Anti June ar ei chwrcwd yn eistedd yn y clawdd.

Rhedais yn ôl ati gan daflu'r siopa i'r llawr.

'Anti June?'

Doedd Anti June ddim yn siarad. Roedd Anti June yn tynnu am anadl yn union fel y diwrnod hwnnw yn y gegin pan redais i mofyn Myng-gu o'r lein ddillad.

'Anti June?'

Amneidiodd â'i llaw i ddweud yn llipa ei bod hi'n iawn a rhwng yr anadlu swnllyd llwyddodd i roi hanner gwên a dweud yn dawel, dawel, 'Y pwmp.'

A'r tro yma roeddwn i'n gwybod yn union am beth i chwilio. Edrychais drwy'r siopa am ei hambag. Edrychais eto, yn gynt y tro hwn.

'Anti June?' Panic. 'Ble mae'ch hambag chi?'

Roedd Anti June yn ymladd ormod â'i hanadl i chwilio.

Doedd yr hambag ddim yna.

Tynnais bopeth yn wyllt o'r bagiau – dim hambag. Rhaid bod yr hambag ar y bws.

'Anti June, Anti June, peidiwch symud, a' i mofyn Myng-gu.'

Nodiodd ei phen, a dechreuais redeg. Rhedeg lan y llwybr, tua'r ffin a'r gornel. Rhedeg. Rhedeg nes bod y palmant yn neidio o'm traed i'm llygaid. Rhedeg nes bod y palmant yn atsain yn fy mhen a thrwy'r stryd ac o'r ded-end allan i'r byd. Rhedeg nes bod y palmant du yn troi'n goncrit llwyd ac yn llwybr ac yn troi mewn drwy'r gatiau bach du. Rhedeg drwy'r drws cefn ac i'r gegin, lle roedd Myng-gu yn golchi'r llawr.

'Anti June,' fi oedd yn brin o anal nawr, 'Anti June, Myng-gu.'

Rhaid bod Dad wedi clywed y cynnwrf, synhwyro bod rhywbeth o'i le, a daeth o'r stydi fel corwynt.

'Beth sy'n bod, Angharad fach?'

'Anti June!'

'Ble mae Anti June?'

'Ar bwys y bys-stop.'

A dyma Dad yn rhedeg nerth ei goesau hir a Myng-gu a fi'n dilyn gore gallen ni'r holl ffordd lawr y stryd, yn ôl rownd cornel pob gwaharddiad a heibio'r ffin a lawr am y llwybr tu ôl i'r tai, a sodle bach twt Myng-gu'n morthwylio mil o hoelion yn y palmant.

Rwy'n cofio gweld Dad yn rhedeg allan i'r ffordd i stopio ceir, a chofio'i weld yn rhoi Anti June yng nghefn car rhyw Samariad Trugarog, fel y byddai Myng-gu'n dweud wedyn.

Trodd Dad a dweud wrth Myng-gu a fi i fynd yn ôl i'r tŷ.

Roeddwn i ishe llefen. Ond yn methu. Y cwbwl allwn ei ddweud oedd:

'Sori, Myng-gu.'

'Am beth, bach?'

Ond roeddwn i'n gwybod rywsut mai arna i oedd y bai, a bod Anti June yn mynd i farw.

Roeddwn i wedi lladd Mam.

Roeddwn i wedi lladd Myfanwy.

A nawr, dyma fi ar fin lladd Anti June.

5

Enw

i

Rho im yr hedd na ŵyr y byd amdano,
hedd, nefol hedd, a ddaeth drwy ddwyfol loes;

> *Hedd*
> *Loes*
> *Perffaith*
> *Amherffaith*
> *Gorffenedig.*

ii

Swindon

Penbleth. Roedd y llais ling-di-long wedi cyhoeddi
unwaith eto fod ganddo stôr o bethau yn ei *buffet-car*,
ac o'r diwedd, roedd wedi llwyddo i godi syched arna
i. Er ceisio gwthio'r awydd i gefn fy meddwl, aeth y
cyhoeddiad diweddaraf hwn yn drech na mi.
Derbyniais y byddai'n rhaid talu'n ddrud am ddiferyn
o de diflas. Y benbleth oedd sut i adael fy sedd.
Doeddwn i ddim ishe gadael fy mag llaw arni, na'm
cot, ac yn sicr doeddwn i ddim ishe gadael proflenni
cyfrol deyrnged Dad arni chwaith. Ac eto, doeddwn i
ddim ishe ei cholli. Fi oedd piau'r sêt hon nawr. Fy
mhen ôl i oedd wedi'i chynhesu, ac roeddwn wedi
dod i arfer gyda synau fy nghymdogion-dros-dro.
Doeddwn i ddim ishe gorfod ail-ymgartrefu ymhlith
pobl newydd ar ryw ran arall o'r trên.

Ond roedd syched arna i. Ac roedd darllen treip
Elena'n anodd. Dyn golygus? Popeth yn iawn.
Cariad rhamantus? I beth oedd ishe hen fanylion
felly mewn cyfrol deyrnged?

Edrychais o'r newydd o gwmpas y cerbyd. Roedd
pawb wedi ymdawelu a'r rhan fwyaf wedi ildio'u cyrff
i rythm y cledrau. Roedd y ddau Wyddel lleiaf wedi
cytuno i ddarllen yr un comic gyda'i gilydd, a'r fam,
druan, yn cael eiliad o lonydd – jyst digon i ganiatáu
iddi gau ei llygaid a breuddwydio am ddeffro ym
mreichiau rhyw Wyddel cadarn a fyddai'n rhoi
modrwy ar ei bys ac arian yn ei phwrs a thaw ar
swnian y plant. Rhywun golygus, rhamantus.

130

Twt. Rhamantus. Dyw tadau ddim i fod yn rhamantus. Onid oedd gan y gantores wirion dad? Oni wyddai hi hynny?

Dyma benderfynu manteisio ar bendwmpian y cerbyd, mentro na fyddai neb yn dwyn y sedd, na'm heiddo. Mentro gadael popeth a mynd am y bwffe.

Sut mae pobl eraill yn gwneud penderfyniadau? Ydy hi'n bosib meddwl heb glywed llais? Ai gair arall am 'siarad-gyda-chi-eich-hunan' yw 'meddwl'? Beth yw'r gwahaniaeth rhwng 'meddwl' ac 'ymson'? Ai gair arall am 'feddwl' yw 'cydwybod'? Ac yn yr eiliad honno, ar ôl oes o wrando ar leisiau mud, sylweddolais fod gwahaniaeth mawr rhwng meddwl a chydwybod. Fy llais i fy hunan a siaradai yn fy meddwl. Lleisiau pobl eraill a siaradai yn fy nghydwybod.

Ac yn ddirybudd, arafodd y trên a dod i stop.

Amseru perffaith a minnau ishe cario'r te berwedig yn ôl yn ddianaf i'm sedd. Amseru amherffaith, oherwydd heb sigl y trên byddai'r cerbyd yn dechrau dadebru, a gallasai hynny beryglu fy sedd wag. Talais a brysiais yn ôl. Perffaith. Roedd y sedd yn wag. Amherffaith. Roedd y plantos wedi deffro'u mam a hithau wedi dechrau pregethu eto. Druan.

Swindon. Swindle. Dwindle. Diddle. Cat and the Fiddle. Piggy-in-the-Middle. Riddle.

iii

Ifs a finnau ar y ffordd i gyngerdd elusennol yng Nghaerdydd.

*   *   *

Llun Dad mewn dici bow ac Elena mewn ffrog hir yn pwyso ar ei fraich. Llun du a gwyn. Ond roeddwn i'n gwybod mai emrallt oedd lliw ffrog Elena. Ffrog hir â secwins bach drosti i gyd. Ffrog ddisglair, addas i seren. Tynnwyd y llun ar ddydd Gŵyl Dewi 1976 ar risiau Neuadd y Ddinas. Roedd Cymdeithas Rieni Ysgol Gynradd Bro Taf wedi llogi'r lle i godi arian ac wedi gofyn i Dad ac Elena fynd i'w diddanu. Rwy'n cofio'r achlysur yn iawn. Roedd mam a thad Mair yn mynd hefyd, ac roedd Anti Pat Mair, sef y fenyw fyddai'n dod i helpu mam Mair i gadw'r tŷ trefnus yn drefnus a'r carpedi hufen yn hufen, wedi cytuno i ddod i warchod Mair a finnau yn nhŷ Mair. Cefais fy ngollwng yn Rhiwbeina wrth i Dad ac Elena anelu am ganol y ddinas. Roedd y car yn llawn arogl persawr Elena. Ei harogl hi, a'i chwerthin hi, a'i secwins hi. Ond doedd dim sôn am y trefniadau hyn yn y geiriau o dan y llun yn y broflen.

Mogi

Chofia i fawr ddim am yr wythnos gyntaf yn yr ysgol newydd heblaw am angladd Anti June. Diwrnod crasboeth arall a sychder anarferol y mis Medi hwnnw wedi troi'r fynwent yn frown. Llaw Dad yn feddal gadarn am fy llaw. Braich Wncwl John, brawd mawr Mam ac Anti June, yn dala Myng-gu, a hithau fel plufyn â'i chalon fel plwm.

Cofio dim am yr angladd heblaw'r arswyd yn cael gafael yn fy llwnc wrth fynd i mewn i'r capel du. A gafael yr arswyd yn tynhau wrth i wichian sgidie gore cymdogion Fron Fach nesáu tua'r sêt fawr, yn ysgwyddo'r baich. A'r gafael yn bygwth fy mogi wrth deimlo pawb ond ni'n codi. Mogi. Mogi ar fy anal fy hunan. A llais bach, bach Myng-gu ar bwys yn trio canu ond yn methu cyrraedd yr alaw, fel aderyn clwyfedig yn methu cweit godi ar yr awel.

A thrwy'r cyfan, y lleisiau mawr tu mewn yn bygwth byddaru fy nghlustiau am byth.

'She's not my mother.'

Llygaid caredig, clwyfedig Anti June.

Ddwedais i hynny go iawn? Pam na allen ni fod wedi gadael i Anti June dwyllo'r fenyw fach ddierth mai hi oedd fy mam? Pa wahaniaeth fyse hynny wedi'i wneud? Pam, a finne'n gwybod cymaint o bleser roedd hynny'n ei roi i Anti June, pam mynnu tynnu'r twyll o dan ei thraed? 'She's not really my mother.' Ai dyna ddwedais i? 'Only my aunt.' Cofio meddwl ei ddweud. Ddim yn siŵr a oeddwn i'n cofio'i ddweud ai peidio. Ac os gwnes i ei ddweud, pam?

Am fy mod i'n hunanol.

Cofio meddwl ei bod hi'n neis bod Anti June yn ddywedws, heb sylwi ei bod hi hefyd yn llwyd.

Ac am fy mod i wedi bod mor hunanol â gwneud y fath ddolur i Anti June, roedd Anti June wedi mogi.

A nawr roeddwn i'n mynd i fogi hefyd. Mogi fel cosb am fod mor hunanol.

Dyna pam roedd Myfanwy wedi marw. Am fy mod i wedi bod mor hunanol â meddwl, yn dawel bach, ei bod hi'n hyll. Hyd yn oed pan oeddwn i'n mynd â hi am dro ym mhram y ddol, byddwn i'n ei gorchuddio bron yn gyfan gwbl gyda blancedi a gobeithio na fyddai hi'n dangos ei thraed a'i gwddw i neb. Yn enwedig Yvonne. Yvonne a'i doli sgleiniog. Doedd dim rhychau ar ddolis Yvonne.

Gwddw hen Myfanwy yn rhychau i gyd fel gwddw Myng-gu. Fel llaw Myng-gu.

Ac fel pe byddai'n gallu darllen fy meddwl, dyma'r llaw honno'n cydio yn fy llaw i. Llaw rychiog a'r croen yn wydn a sgleiniog. Llaw lawer rhy fawr i weddill ei chorff bach. Llaw gwaith. Syllais arni. Ar y brychni mawr brown – blodau'r fynwent fel bydde Myng-gu'n eu galw nhw – ac ar y fodrwy fach yn gorwedd ar ben y fodrwy briodas. Trois ei llaw er mwyn i mi gael cyffwrdd yn y darn gorau – y darn croen meddal tu ôl i flaen ei bawd. Roedd hwnnw'n llyfn, llyfn ac roedd cydio yn hwnnw'n gysurus. Gweld yr edau wlân wedi'i lapio tu ôl i'r fodrwy fach er mwyn ceisio'i chadw rhag troi a throi rownd y bys priodas. Trodd ei llaw fy llaw i, a mwythodd croen llyfn cefn ei bawd fy llaw ifanc i.

Yn y sedd tu ôl i fi roedd Annette ac Anti Ann ac Wncwl Bob a Gerwyn. Y pedwar yn hanner llefen. Yn y sedd tu ôl iddyn nhw roedd Wncwl Defi, whare teg, wedi dod nôl bob cam o Lunden.

Dwedodd y pregethwr y stori am y Samariad Trugarog am fod Anti June yn ffrind i bawb. Meddyliais am Myng-gu'n dweud am yrrwr y car a stopiodd i fynd â Dad ac Anti June i'r ysbyty.

Roedd e'n Samariad.

Roedd Anti June hefyd yn Samariad. Roedd hi'n gymwynasgar. Roedd hi wedi rhoi ei bywyd i wasanaethu eraill – ei theulu'n enwedig. Roedd hi'n caru ei chymydog fel hi ei hunan.

Yn nes ymlaen, ar ôl rhoi Anti June yn y pridd, ac ar ôl i bawb fynd adre, ac wedi i Myng-gu berfformio'r ddefod cyn clwydo, y weddi, y net, y dannedd, y Vaseline, y cwbwl i gyd, a minnau'n saff yng ngwely uchel Fron Fach rhwng y cynfasau cotwm oer, meddai Myng-gu:

'Buest ti'n ddewr iawn heddi.'

A daeth llais o'r tu mewn i mi yn rhywle ac allan trwy fy ngheg, llais yn dweud:

'Roeddwn i'n trio peido llefen.'

Ond doedd hynny ddim yn wir. I'r gwrthwyneb. Roeddwn i'n trio ngorau glas i lefen – ond doeddwn i ddim yn gallu. Roedd un o'r lleisiau'n mogi'r dagrau, y llais oedd yn twt-twtian ac yn galw enwau arna i – a nawr roedd yr un llais yn dechrau codi o waelod fy stumog eto:

135

'Twt twt, Angharad fach, twt twt, dyna ti wedi dweud anwiredd eto, twyllo Myng-gu fach, dweud geiriau gwag er mwyn ceisio plesio.'

A dyma'r llais yn codi'n uwch ac yn dynwared fy llais i ac yn taflu nôl fy union eiriau yn fy mhen rhwng un clust a'r llall fel pêl ping-pong:

'Roeddwn i'n trio peido llefen, roeddwn i'n trio peido llefen.'

Ac wrth fod Myng-gu yn dala'n dynnach, roedd y llais yn ei chael hi'n anoddach, ond yn mynnu dal ati:

'Peido llefen, peido llefen . . . peido.'

A'r 'p', 'p', 'p' yn ffrwydro ar ei thaith rownd corneli esgyrnog fy mhenglog.

''Na ni. Paid â becso. Mae'n anodd peido llefen,' ac yna, gan fy ngwasgu'n dynnach nes bod yr arogl Vaseline a lafant yn troi'n flas, meddai:

'Am mla'n ma mynd.'

Dyna oedd geiriau Myng-gu ar ôl pob trallod. Bach a mawr.

Dechreuais deimlo'n well. Ac yn y tywyllwch, a minnau ddim yn siŵr p'un a oedd Myng-gu'n cysgu neu beidio, dyma fi'n sibrwd:

'Myng-gu?'

'Ie, bach?'

'Pwy yw Rhys?'

'Pwy sy 'da ti nawr?'

'Rhys. O'dd 'i enw fe ar dop yr emyn ganon ni heddi.'

'Sai'n gwbod, Angharad fach. Fydd rhaid i ti ofyn i Dadi.'

Saib. Llenwais y tywyllwch gyda chwestiynau yn

fy mhen am y llyfr emynau. Roedd Myng-gu ar ddihun. Roeddwn i'n gwybod hynny. Roedd hi'n esgus cysgu. Mentrais eto.

'Myng-gu?'

'Ie, bach?'

'Ife enw person yw "Grawn-Syppiau Canaan"?'

'Pwy sy 'da ti nawr, gwed?

''Na beth o'dd o dan yr emyn arall ganon ni heddi. Yr un oedd yn dechrau "Braint, braint".'

'O, dere nawr, ti'n ormod o sgoler i Myng-gu, ti a dy gwestiyne caled. Rhaid i ti ofyn i Dadi yn y bore. Dere nawr. Cwtsha miwn, a cer i gysgu.'

'Myng-gu?'

'Ie, bach?'

'Sut fyddwch chi'n dod lan i Gaerdydd nawr? Heb Anti June? So chi'n gallu dreifo, odych chi Myng-gu?'

'Nadw, bach. Ond paid ti becso. Ffeindia i ffordd lan i Gaerdydd os bydd rhaid i fi gerdded bob cam. Nawr, dere. Cysgu.'

'Myng-gu? Chi'n gwbod chi fod i lico'ch cymydog fel chi eich hunan. Wel – beth os so chi'n lico'ch hunan?'

'Nawrte, Miss, 'na ddigon. Cwtsha miwn a chysgu! Glou!'

Llwyddiant

Western Mail. Mawrth 1af, 1977.

Yn dawel bach roedd gen i uchelgais. Bob blwyddyn yn Ysgol Bro Taf byddai'r plant lan lofft yn cael eu hannog i anfon cerddi a thraethodau, yn Gymraeg neu yn Saesneg, i'r *Western Mail* ar gyfer cystadleuaeth dydd Gŵyl Dewi. Roedd ennill yn un o'r categorïau hyn yn destun cryn falchder. Cyhoeddiad yn y gwasanaeth. Cymeradwyaeth. Llun yn y papur. A rhyw wawr o bwysigrwydd dros dro yn dod yn rhan o'r wobr, gwawr a fyddai naill ai'n deillio o edmygedd pawb arall, neu yn ennyn edmygedd pawb arall. Roedd hi'n anodd dweud.

Yr un enwau fyddai'n ymddangos o flwyddyn i flwyddyn. Eurig Lewis. Cari Geraint. Rhun Dyfed. Gaenor Lewis. Roeddwn i'n dyheu am gael bod yn eu plith.

Ac eleni, yn yr ysgol uwchradd, roedd Miss Herbert wedi gosod y traethawd Saesneg fel gwaith cartref gwirfoddol. Testun y traethawd Cymraeg oedd 'Fy Arwr i', a'r traethawd Saesneg oedd 'My Favourite Place'. Yn dawel bach, roeddwn i wedi mwynhau sgrifennu'r gwaith. Roeddwn i'n arbennig o falch o un frawddeg a luniais i ddisgrifio afon Taf: 'as the river beguiles me along its banks . . .' Roeddwn i'n hoffi sŵn y 'beguiles' a'r 'banks', ac yn hoffi 'beguiles' yn ofnadwy, oherwydd, er nad oeddwn i'n hollol siŵr o'i ystyr, roedd e'n air 'anodd'.

Tybed?

Deuai'r papur gyda'r llaeth, a doedd dim dal ar ddyn y llaeth. Weithiau, byddai'n gadael ei neges gyda golau cynta'r bore bach; dro arall, byddai haul y prynhawn yn dechrau melynu'r dydd cyn y byddai Garry'r Llaeth yn troi ei fflôt am yr Eglwys Newydd. Cwynai Myng-gu'n ofnadwy am anwadalrwydd Garry. Cydymdeimlo wnâi Dad. A beth bynnag, roedd Dad yn gallu yfed coffi du.

Tybed?

Rhedais lawr drwy'r stâr. Wrth ddod rownd y tro cyn y tair gris olaf, gallwn weld drwy'r nadroedd ym mhatrwm mwll y gwydr yng ngwaelod y drws ffrynt fod Garry wedi bod yn barod.

Tybed?

Teflais y papur mawr ar fwrdd y gegin ac agor y tudalennau'n frysiog ofalus. 'This year's winners . . .' Rhai o'r un enwau . . . ac un syrpreis! Un enw newydd yn eu plith! Teimlais yn rhyfedd. Rhyw deimlad gwag yn fy mhengliniau. Teimlad rhwng llawenydd a siom. Teimlad rhwng balchder a chenfigen.

Mair. Mair. Roedd Mair wedi ennill. Roeddwn i'n falch. Oeddwn. Roeddwn i'n siomedig. Oeddwn. Tamed bach.

Plygais y papur yn ôl. Cawn ddarllen yr ysgrif rywbryd eto. Edrychais ar gloc y gegin. Hanner awr wedi chwech. Doedd dim angen codi am chwarter awr arall. Roedd hi'n rhy gynnar i ffonio Mair i'w llongyfarch. Ac yn ôl a fi i fyny'r stâr, gan feddwl tybed a oedd y pwysigrwydd a ddeuai i'r enillwyr yn ymestyn i gynnwys ffrindiau gorau'r enillwyr? Siawns ei fod e. A chyrhaeddais yn ôl i'm stafell wely heb wybod fod enw cyfarwydd arall rhwng cloriau'r papur.

Enw Dad.

Athrylith a Gweddnewidiad

Roedd Dad yn dechrau troi'n enw. Ac roeddwn i'n troi fwyfwy i fod yn ferch i Ifan Gwyn. Ac wrth i mi ddod yn fwy o ferch i Ifan Gwyn, roedd Ifan Gwyn fel pe bai'n dod yn llai o dad i mi.

Roedd galw amdano ym mhob cwr o Gymru a thu hwnt. Ar y dechrau, byddai'r ddau ohonom yn mynd i bobman. Hyd yn oed i Lundain. Byddai'n anfon nodyn i'r ysgol, neu weithiau'n anghofio, a byddai'r ddau ohonom yn dal y trên gyda'n gilydd ac yn mynd i'r ddinas fawr.

O'r holl neuaddau, y Wigmore Hall oedd orau gen i. Roedd gen i fy sedd fy hunan yn y rhes flaen ac roedd Dad wedi dweud stori'r cwpola hardd uwchben y llwyfan wrthyf mor aml fel y gallwn edrych arno a chwilio am y manylion i gyd â'm llygaid ar gau, tra byddai yntau'n cyfeilio i ba unawdydd bynnag.

Roedd gweld y cwpola â llygaid agored hyd yn oed yn well. Doeddwn i ddim yn deall y stori'n hollol, ond roeddwn i'n gwybod y stori. Stori am bobl yn chwilio a chwilio am y peth perffaith – rhywbeth fel miwsig â phob nodyn mewn tiwn ac yn ei le. Dyma beth sydd yng nghanol y llun. Un ffigwr o'r enw Enaid Cerddoriaeth. Enaid yw'r peth sydd yng ngwaelod pob un ohonom ni. Dyna beth oedd Dad wedi'i ddweud. Y peth sydd yn gwneud pob 'fi' yn 'fi' o'r tu fewn, fel y mae'r corff yn gwneud pob 'fi' yn 'fi' o'r tu fas. Yn y llun, roedd

Enaid Cerddoriaeth wedyn yn edrych i fyny, â'i lygaid yn llawn gofyn, ar Athrylith Cynghanedd. Rhywbeth sbesial iawn yw athrylith, esboniodd Dad, rhywbeth sy'n gallu gwneud i rai pobl wneud rhywbeth yn well ac yn haws na phobl eraill. Rhaid bod Athrylith Cynghanedd yn rhywbeth pwerus, oherwydd yng nghwpola hardd y Wigmore Hall mae'n edrych fel pelen o dân. Fel yr haul a'i belydrau'n cyrraedd pob cwr o'r byd. Roedd gwe o ddrain yn gwahanu Enaid Cerddoriaeth ac Athrylith Cynghanedd oddi wrth weddill y llun, lle mae cerddor yn ysgrifennu, a ffigwr o'r enw Prydferth-wch yn dal rhosod. Pwrpas y drain yw dweud pa mor anodd yw hi i bobl gyrraedd y syniad perffaith. Yn ôl Dad.

Drain, fel y drain yng nghoron Iesu Grist. Drain, fel y drain a dyfodd rownd Sleeping Beauty ac a'i gwnaeth hi'n anodd iawn i'r tywysog hardd ei chyrraedd er mwyn rhoi cusan iddi a'i hachub hi rhag melltith y wrach. Sleeping Beauty yw brenhines y tylwyth teg sy'n chwifio'i llaw yng nghlawr y llyfr. Yr un sy'n styc.

Yn gefndir i'r cwbl mae awyr las, las a chymylau o ddirgelwch uwchben. Roedd Dad yn dweud bod rhai'n dweud bod yr artist wedi dweud mai Duw oedd yn y cymylau hynny.

Y darn glas hwn oedd y darn gorau. Glas dwfn. Glas fel llygaid Dad.

Yr un peth oedd yn fy mlino oedd bod y gair *genius* yn f'atgoffa o'r gair *jealous*. Dyna falch oeddwn i mai 'athrylith' oedd y gair Cymraeg. Gair meddal oedd 'athrylith', fel 'gwenith' a 'lledrith'. A 'bendith'. Trueni ei fod e'n odli gyda 'melltith'.

Byddai Dad a fi ar deithiau fel hyn, a finnau nawr yn ail flwyddyn yr ysgol uwchradd, yn chwerthin wrth gofio i mi holi unwaith a oedd rhaid gwisgo wig i fynd i'r Wigmore Hall. A chofio wedyn i mi weld y dynion yn eu dillad du a gwyn yng ngherddorfa'r BBC yn y Brangwyn Hall a meddwl yn siŵr mai'r Penguin Hall oedd yr enw iawn ar y lle.

Ar un o'r ymweliadau hyn â Llundain, daeth un o'r sopranos oedd yn mynd i ganu gyda'r nos ataf i yn ystod ymarfer y prynhawn ac eistedd ar fy mhwys. Jackie oedd ei henw.

'You must be Ivan's little lady,' meddai.

Doedd braidd neb yn dweud Ifan yn Llundain. Ivan fydden nhw'n ei ddweud. Ond roedd gan hon acen wahanol i'r gweddill. Rhywfaint yn ddiog, heb drafferthu dweud y 'tt' yn 'little'. Roedd hi'n gwenu. Roedd hyd yn oed ei gwallt hi'n gwenu. Fel magned tyner, tynnodd fi ati'n syth. Os mai tynnu yw'r gair iawn am rywun sy'n mynd o'i wirfodd.

Tra oedd y tenor yn mynd trwy'i ymarfer, aeth Jackie a finnau ati i roi'r byd yn ei le. Un o Awstralia oedd hi. Doedd hi ddim yn gallu credu ei lwc ei bod hi'n mynd i gael canu heno yn y Wigmore Hall, a bod Ivan Gwyn, o bawb, wedi cytuno i gyfeilio iddi.

Tybed a fydden i'n hoffi dod i'r cefn i'w helpu i ddewis beth ddyle hi wisgo? Roedd hi wedi dewis y ffrog, ond roedd ganddi ddau bâr o sgidie ac wnifeintiach o jingalerins . . .

Ond rhaid eich bod chi'n gweld nad oes gen i fawr o glem am bethau felly? holodd fy llygaid. Na, roedd hi'n anghytuno. Credai'n siŵr y byddwn i'n gallu bod o gymorth, meddai ei llygaid hi.

'A beth amdanat ti? Beth wyt ti'n mynd i wisgo?' holodd ei llais.

A rywsut, doeddwn i ddim yn teimlo'n lletchwith iawn yn dweud wrth Jackie fy mod i eisoes yn gwisgo'n union beth oeddwn i'n mynd i'w wisgo i'r gyngerdd, oherwydd dyma'r unig ddillad oedd gen i. Rhain a chrys nos. A dyma Jackie a fi'n chwerthin.

Cyn iddi ddod yn dro i'r baswr, roedd Jackie wedi cael gair gyda Dad, a hwnnw wedi rhoi sêl ei fendith fawr i ni'n dwy gael mynd i siopa.

A bant â ni. Dorothy Perkins. Siwt lwydlas: sgert dynn, siaced gwta, blowsen sgleiniog. Sane hir tryloyw, tenau, llwyd. Dim ffril, dim ffrog, dim ffws . . . heblaw am y sglein yn y flowsen las golau a'i llewys yn llawn.

A sodle. Platfforms, a bod yn fanwl gywir. Sawdl uchel a gwadnau uchel a bwcl o gylch fy mhigwrn.

Gweddnewidiad.

Ac yn sigledig ofalus, sigledig hyderus, camais allan o stafell wisgo'r Wigmore Hall gan adael fy mhlentyndod mewn bag Dorothy Perkins a cherdded i mewn i anghrediniaeth Dad.

'What have you done to her?'

Chwerthin wnaeth Jackie.

Roeddwn i'n gobeithio y bydden ni'n cael gweld mwy o Jackie.

Ond daeth Elena'n ei hôl yn fuan wedi hyn.

A gofynnodd Dad i mi beidio â siarad am Jackie o flaen Elena.

Roedd hynny'n gwneud Elena'n bigog.

vii

Accompanying Acclaim

It was in the 1970s that Ifan Gwyn stole the hearts of the London music scene by stealth. It could not have been anticipated that an accompanist should become an attraction in his own right. But his popularity with singers grew to such an extent that the very best would refuse concerts unless Ifan Gwyn was available to play for them. Some concert-hall managers claimed that to have his name on the bill was just as important as the name of the star. His captivatingly beautiful face and the surprising tenderness of touch from this big Welsh talent combined to draw audiences (women in particular). His solid build would not have looked out of place on the Arms Park, yet his sensibility was that of a ballet dancer. Jacqueline Fellcini, the Italianate Australian soprano, who enjoyed a long-term professional partnership with Gwyn, claimed that her voice changed in his company. Over a period of ten years, she said, he gave her confidence to perform in a way no other accompanist could.

6

Uffern Lonydd

i

Pan ddelo'r dydd im roddi cyfrif fry . . .

a llwyr gyffesu llawer llwybr cam . . .

odid na ddyry'r Gŵr a garai'r ffridd . . .

ryw uffern lonydd, leddf, ar ryw bell ros . . .

RWP

Bristol Parkway

Tynnodd y trên allan o'r orsaf bron heb i mi fod
wedi sylweddoli ein bod wedi'i chyrraedd. Bristol
Parkway. Dim byd nodedig am y lle, heblaw am un
pync unig yn eistedd ar fainc, a'i wallt pinc, ynghyd
ag enw'r orsaf, yn f'atgoffa o'r casgliad gwydr Bristol
ar silff dop *china cabinet* Myng-gu. Beth oedd hanes
y pync penbinc tybed? Aros am rywbeth? Gobeithio
am rywbeth? Disgwyl rhywbeth? A chyn i mi gael
amser i deithio ar hyd y llwybr hwnnw a fyddai'n fy
ngwahodd mor daer bob tro y cawn hi'n anodd
dirnad y gwahaniaeth rhwng y tair berf hyn,
diflannodd y pync pinc o'r golwg.

Roeddwn i'n gadael unwaith eto. Gadael tir a
mynd sha thre. Roedd hynny bob amser yn blino Rob.

'One day, I hope you'll call this your home, Anj.'

Dyna fyddai'n ei ddweud.

'I hope you'll think that home is here. With me.
Home. Where the heart is.'

A'r frawddeg olaf honno fyddai bob amser yn fy
nrysu. Wyddwn i ddim yn iawn lle roedd fy
nghalon. A dyma lwybr arall yn gwahodd fy
meddyliau. Oedd hi'n bosib cael dwy galon? Fel y
mae gan rai ddau gartref? Hafod a Hendre. Calon i'r
Hafod, calon i'r Hendre. Hafod fy nghalon. Hendre
fy nghalon. Ac os oes gan rywun ddwy galon, pa un
yw'r galon go iawn? Pa gartref yw'r cartref 'go iawn',
pa un sydd 'dros dro'? Bwthyn y mynydd hafaidd?
Bwthyn y dyffryn gaeafol? Roedd rhywun yn treulio

mwy o amser yn y dyffryn, ond ai yn ôl amser mae mesur rhywbeth fel hyn? Onid am fisoedd hir yr hafau byrion y byddai rhywun yn hiraethu? Ac onid yng nghanolbwynt hiraeth mae'r galon yn byw? Onid cyfeiriad hiraeth yw'r cyfeiriad ar amlen y galon?

Falle'n wir ei bod hi'n bosib fod gan rai ddwy galon, a mod i'n un o'r rheiny. Dwy galon a dau gartref. Neu heb galon na chartref o gwbl. No Fixed Abode. Falle taw trempyn oeddwn i. Ac eto, heddiw, â diwedd yr haf yn cau am y trên, teimlwn fy mod i'n mynd adref.

Ac ofnwn mai murddun o Hafod oedd yn fy nisgwyl. Rhyw adeilad a fyddai wedi bod yn ddigon addas ar gyfer hindda, ond a fethodd sefyll ei dir fel Hendre.

Rhyw uffern.

Dim ond gobeithio y byddai'n uffern lonydd.

iii

To play an Ifan Gwyn composition is to be transported to the soft wilderness of the Carmarthenshire hills. The melodies seem to bewitch the soul of even the most casual of listeners and carry the audience far away from the troubles of urban life to a calm and tranquil idyll that is rural life.

*   *   *

Gwaeddodd llais y tu mewn i'm pen: CYFOG.
Fy llais i fy hunan oedd hwn.

iv

Cwestiwn

Yn y dyddiau hynny, deuai Myng-gu i aros yn amlach. Roedd Dad bant yn amlach, ac yn amlach roedd hi'n anodd i mi golli ysgol.

A beth bynnag, doeddwn i ddim ishe colli ysgol. Roedd Mair a finnau wedi ymdaflu i fywyd y lle ac yng nghanol popeth. Byth oddi ar i Jackie fynd â fi i Dorothy Perkins roeddwn i gyda'r mwyaf ffasiynol yn y flwyddyn. Byddai Dad yn rhoi arian poced i fi a fyddai gen i ddim ofn mynd ar y bws i'r dre ar fy mhen fy hunan. Roeddwn i'n gwybod beth oedd yn gweddu i mi. Fi oedd y ferch gyntaf i gael *hacking jacket* a'r gyntaf i gael *cowboy boots* go iawn. Rhai lledr. Yr unig un arall a feddai ar *cowboy boots* o gwbl oedd Siân Evans. Ond nid rhai lledr.

Erbyn hyn, byddwn yn anfon dillad yn ôl gyda Myng-gu i'w rhoi i Annette, fy nghyfnither. Roedd ffermwyr yn mynd trwy batshyn caled arall, a beth bynnag, doedd dim llawer o ôl Dorothy Perkins ar Paris House na London House nac unrhyw un o'r siopau ffasiwn eraill yng nghefn gwlad sir Gâr.

Ond roedd y bagiau'n mynd yn drymach i Myng-gu, a hithau'n mynd yn ysgafnach. Yn ddirybudd roeddwn wedi tyfu i fod ben ac ysgwydd yn dalach na hi, a heb i mi sylwi roedd Myng-gu wedi mynd yn llai. Roedd wedi arafu hefyd. Pe byddwn i wedi gwrando'n fwy gofalus, byddwn i wedi clywed crotsiets ei sodle'n arafu'n finims. Ond doedd gen i ddim amser i wrando ar rythmau Myng-gu. Gydag

151

ymarfer piano, ffidil, cerddorfa, hyfforddi gyda'r tîm pêl-rwyd, gwaith cartref a siopa, roedd rhythmau fy mywyd i'n rhy gyflym i wrando. Roeddwn i'n eithriadol o brysur rhwng popeth. Hynny, a gofalu am Dad.

Doedd byw gyda Dad ddim yn mynd yn haws. Po fwyaf y byddai'n cael ei alw oddi cartref, anoddaf y byddai'n ei chael i setlo ar ôl dod adref. Hyd yn oed pan fyddai yn y tŷ, roedd fel pe byddai'n absennol o hyd. Roedd y myfyrwyr bron i gyd wedi peidio â galw. Gormod o ymrwymiadau cyngherddau yn ei gwneud hi'n amhosib iddo gadw at amserlen ddysgu – amhosib ac yn gwbl ddiangen. Gallai Ifan Gwyn hawlio tâl anrhydeddus iawn am gyfeilio nawr, ac er na wyddwn i fanylion felly ar y pryd, roeddwn i hefyd yn synhwyro fod mwy o arian ym mhoced Dad y dyddiau hyn. Roedd y Morris Minor wedi hen fynd a Rover wedi dod yn ei le. Roedd cawod drydan wedi'i gosod yn stafell wely Dad, roedd trefniadau yn eu lle i gael garddwr i gadw'r lawnt a'r llwyni'n dwt ac roedd rhyw sôn am gegin newydd. Neu o leiaf, ar ôl un o ymweliadau Elena, glaniodd swp o gylchgronau sgleiniog ar fwrdd y gegin yn llawn lluniau cypyrddau ac offer modern.

Roedd Dad hefyd yn fwy oriog. Cyfansoddi oedd ei weithgaredd pennaf pan fyddai yn y tŷ. Ac roedd cyfansoddi'n galw am gau drws y stydi a chuddio pen mewn nodau bach du a gwyn. Dod allan i'r gegin i ferwi tegell ac estyn te. A dychwelyd i'r stydi, bron heb sylwi ar y byd o'i gwmpas.

Te neu win.

Roeddwn i wedi sylwi ar y poteli gwin. Yn enwedig pan nad oedd Myng-gu'n dod i aros. Roeddwn i wedi sylwi hefyd fod Dad fel pe bai'n llai awyddus i weld Myng-gu'n dod. Meddwl mod i'n ddigon hen nawr i fagu ychydig o annibyniaeth. Yn big-gyrl fach. Poeni hefyd am Myng-gu yn teithio ar y bws yr holl ffordd o Lanybydder.

Yn dawel bach, doeddwn i ddim yn rhannu'r un brwdfrydedd â Dad tuag at y ffaith mod i'n 'big-gyrl fach'. Prin iawn oedd y plant yn fy nosbarth i a gâi aros yn y tŷ ar eu pen eu hunain, yn enwedig ar ôl iddi dywyllu. A rywsut, roedd y cam bach o fod yng nghwmni cerddor absennol i fod yn llwyr ar fy mhen fy hunan yn gam mawr iawn. Oeddwn, roeddwn i'n gyfarwydd â synau tawelwch y tŷ. Pa ris fyddai'n gwichian. Pa un yn crawcian. Pa dap fyddai'n dripian. Pa ffenest fyddai'n ymateb i gyffyrddiad y gwynt. Ond pan nad oedd neb, dim enaid byw, dim hyd yn oed Dad yn crafu ei nodau pensel ar y papur erwydd, roedd y tywyllwch tawel yn troi'n fyddin fyddarol a minnau'n aml yn methu cysgu'n iawn nes clywed allwedd Dad yn troi'r clo a chamau'r sgidie brown yn troi tua'r grisiau.

Waeth pa mor fân oedd yr awr, byddai'r camau bob amser yn aros tu allan i ddrws fy stafell wely i, a byddai'r llaw fawr dyner yn gwthio'r drws yn ysgafn, a byddwn innau'n chwarae'r hen, hen gêm o esgus cysgu er mwyn i Dad gael teimlo'n well. Dim ond wedyn y byddai fy esgus i'n troi'n gysgu go iawn.

Yn dawel bach, roedd hi'n llawer gwell gen i gael Myng-gu yn y tŷ. A hyd y gwelwn i, roedd ateb amlwg i broblem y bws. Gofyn i Myng-gu symud atom i fyw. Hi a'i holl eiddo.

Ryw noson, wrth geisio aros ar ddihun i Dad ddod nôl o gyngerdd yn y Barri, roeddwn i wedi ystyried beth yn gywir oedd holl eiddo Myng-gu, ac wedi dod i'r casgliad nad oedd yn llawer o gwbl. Roedd Fron Fach yn llawn o gelfi yr oedd Myng-gu wedi'u hen glustnodi ar gyfer pawb a phobun. Y seld i Wncwl John a'r sgiw fach i Wncwl Defi, ford y gegin a chadair Da-cu i Anti Ann. Y sgiw fowr i Gerwyn ac Wncwl Bob. Y piano i'r Ysgol Sul a'r cloc taro i Annette. Fi oedd fod i gael y *china cabinet* a'r llestri oedd ynddi. Anti June oedd fod i gael y llestri glas a gwyn, ac ers i Anti June farw, doeddwn i ddim yn hollol siŵr pwy oedd fod i gael rheiny. Ond problem fach oedd honno. Byddai'n rhaid i fi holi Myng-gu. Felly, mewn gwirionedd, doedd dim llawer o bethau ar ôl ganddi, a byddai'r cyfan oedd ei angen arni gyda ni ta beth.

Gofyn i Dad a allen i ofyn i Myng-gu i ddod i aros gyda ni – am byth – oedd y ffordd amlwg ymlaen.

Ond er nad oeddwn wedi gofyn y cwestiwn erioed, roeddwn i'n gwybod yn reddfol beth fyddai'r ateb – a mwy na hynny, yr ymateb. 'Felly, erbyn meddwl,' meddai fy llais, a chan dynnu'n groes i'w hunan, 'peidio â gofyn y cwestiwn oedd yr unig wir ffordd ymlaen.'

Ac eto . . .

'Dad?'

Un pnawn Sul. Dad a finnau adre yn eistedd o gylch ford y gegin. Doedden ni ddim eto wedi cael cegin newydd, ond roedd y ford yn newydd. Ford wydr a chadeiriau lledr gwynion o'i chylch. Chwe chadair yn ffitio'n berffaith oddi tani fel wyau mewn nyth. Roedd y gwydr yn llwydlas ac yn sgleinio. Doedd hi ddim yn gweddu i weddill ein dodrefn – digon henffasiwn oedd y rheiny ar y cyfan, ond roeddwn i wrth fy modd gyda'r celficyn hwn ac yn methu aros i gael Mair i de iddi hi gael ei weld.

'Dad?'

'Ie, bach?'

'Gaiff Mair ddod i de wythnos hon?'

Nid dyna, wrth gwrs, oedd y cwestiwn yr oeddwn i wedi bwriadu gofyn iddo. Roeddwn i wedi bwriadu gofyn iddo'r cwestiwn am Myng-gu. Byth ers i mi siarad gyda hi ddoe dros y ffôn, a gwybod o'r newydd, heb wybod chwaith, ei bod hi'n unig, roeddwn i wedi penderfynu, o'r newydd, y byddwn i'n gofyn i Dad. Wedi'r cyfan, y peth gwaethaf a allai ddigwydd oedd iddo ddweud 'na'.

'Wrth gwrs 'ny. Gall Mair ddod unrhyw bryd. Ti'n gwybod 'ny.'

'Diolch.'

Tawelwch. O flaen Dad roedd copi o bapur dydd Sul, ond allwn i ddim bod yn siŵr ei fod yn ei ddarllen.

'Dad?' Mentrais eto.

Beth pe bai'r cwestiwn yn ei flino gymaint nes y byddai'n codi o'r ford? Allwn ni ddim difetha cyfle mor brin i gael ei bresenoldeb e, os nad ei sylw a'i gwmni, i gyd i mi fy hunan drwy ofyn am Myng-gu. Allwn i?

'Ti ishe mwy o de?'

O ble ddaeth y cwestiwn hwnnw, wyddwn i ddim. Ond o'i ddod mogodd bob cyfle i eiriol dros Myng-gu. Am nawr o leiaf.

'Onid wyt ti'n hen un fach hunanol?'

Roeddwn i'n hanner disgwyl y llais bach hwn, ac yn gwybod mai'r un hen gerydd o gwestiwn rhethregol a fyddai ar flaen ei dafod.

'Rhoi dy les dy hunan o flaen lles Myng-gu. Myng-gu druan ar ei phen ei hunan bach yn y tŷ oer 'na. Yn dyheu am . . .'

'Ca dy ben,' torrais ar ei draws.

Cododd y llais ei wrychyn.

Plediais.

'Dwyt ti ddim yn deall. Bydd holi'r cwestiwn yn ypseto Dad, ac mae hynny hefyd, ynddo'i hunan, yn hunanol. Tria ddeall!'

Ond dyw lleisiau ddim yn deall. Pryfocio yw eu priod waith. Holi cwestiynau a chynnig atebion, os o gwbl, ar ffurf 'falle hyn, falle'r llall'. Proffwydo'r gwaethaf heb wybod dim i sicrwydd.

vi

Eisteddfod Genedlaethol Caerdydd

1978. Tocyn raffl o flwyddyn. Cyngerdd ar ôl cyngerdd ar ôl cyngerdd i godi arian i Steddfod Genedlaethol Caerdydd. Ac ymhell cyn i'r cystadlu gyrraedd llwyfan y Brifwyl roedd maestrefi'r ardal wedi cychwyn ar y gystadleuaeth fwyaf i gyd. Pwy allai godi'r swm mwyaf 'anrhydeddus'? Roedd yr Eglwys Newydd yn mynd am y Gadair a'r Goron a'r Rhuban Glas yn un. Bob penwythnos roedd y pwyllgor prysur wedi llwyddo i drefnu rhyw achlysur neu'i gilydd.

vii

Heb os, un o binaclau gyrfa Ifan Gwyn oedd cyngerdd gomisiwn Eisteddfod Genedlaethol Caerdydd, 1978. Roedd nid yn unig yn gyfle i ddathlu ei gyfraniad fel cyfeilydd ond yn symbyliad iddo greu dau ddarn a fydd yn aros yn rhan o gynhysgaeth fwyaf gwerthfawr cerddoriaeth Gymreig. Mae'r Concerto i'r Cello yn A leiaf yn nodi anterth ei awen, a phwy all beidio â chael ei gyfareddu'n llwyr gan alaw bur a chynghanedd ddirdynnol yr unawd contralto a glywyd gyntaf yn y gyngerdd hon.

Ond roedd y pris yn uchel, ac mae'n deg dweud mai yn fuan ar ôl y cyfnod hwn y gwaethygodd iechyd Ifan Gwyn.

Hadau

Tua'r adeg hon oedd hi pan ddechreuodd yr hadau dyfu. Bydden nhw'n dechrau fel syniadau gwib. Rhyw hedyn bach cyn ysgafned â hedyn ysgall yn glanio'n ddirybudd ar awel gwbl fwyn ac yna'n plannu ei hunan ym mhridd corsog fy meddwl. Weithiau byddai'r pridd yn ei wrthod a byddai'r hedyn yn sychu'n grimp cyn cael cyfle i fwrw gwreiddyn. Dro arall byddai'r pridd yn ei anwesu'n dynn ac yn denu'r gwreiddyn yn gyflym o'i blisgyn gan ryddhau holl asid yr enaid i roi maeth iddo dyfu'n gadarn. Ar adegau felly, byddai'r hedyn yn foncyff di-syfl ymhen munudau, a byddai ei holl ganghennau'n bygwth mogi pob synnwyr cyffredin. Byddai'n gwasgu ei wenwyn ar bob llais a geisiai siarad o blaid rheswm ac yn gadael i ddim ond lleisiau'r cemegau drwg watwar.

Bu neithiwr yn un o'r adegau hynny. A minnau'n gwbl ddiogel rhwng cynfasau fy ngwely fy hunan, glaniodd un o'r hadau hyn. Cyn pen dwyawr roedd y wasgfa gymaint nes i mi ddechrau clustfeinio ar yr unig lais a gynigiai achubiaeth i mi, ac roedd y llais hwnnw'n siarad am raff. Ai fy llais i oedd hwn? Rhaff arw, gadarn. Rhaff a oedd yn crafu croen cledrau fy llaw, ond o'i rhoi am fy ngwddf, rhaff a oedd cyn esmwythed â sgarff cashmîr. Fe'm synnwyd gan hyn. Buaswn i wedi disgwyl iddi fod yn greulon o'i chlymu amdana i. Ond na, roedd teimlo'r hemp rhwygedig ar fy nghroen yn eli ar ofid. Wedi'r cyfan, roedd y rhaff yn hisian y byddai'n fy nghodi i allan o'r gors uwchlaw'r canghennau a oedd yn bygwth fy mogi'n llwyr ac yn gadael i mi fod yn gwbl rydd. Byddai'n fy nghodi, codi, codi cyn gadael i mi syrthio'n ddiymadferth ac yn rhydd.

Ond er ei chysur, ac er ei haddewid o achubiaeth, roedd llais arall, falle fy llais i, yn dweud yn rhywle yn fy mhen, y byddai hon, ynddi'i hunan, yn weithred hunanol. Roedd hi'n well mod i ar ôl yn mogi na mod i wedi mynd, oherwydd o fynd, byddai Myng-gu, a siŵr o fod Dad, yn mogi hefyd.

Yr hyn oedd fwyaf rhyfedd am ymweliadau'r hadau hyn oedd y bydden nhw wedi diflannu, bron yn ddi-ôl, erbyn y bore. Bron. Nid yn hollol. Bydden nhw bob amser yn gadael rhyw atgof. Rhyw ddarlun digon byw i'm hatgoffa nad breuddwyd o ymweliad ydoedd, ond ymweliad go iawn.

Atgof y llithro o'r ffordd dros y dibyn.

Atgof y cordyn ffôn.

Atgof y rhaff wedi'i rhwygo.

Ac ofn.

Roedd ymweliadau'r hadau yn codi ofn arna i.

Ffwdan

Anodd dweud beth oedd y ffys mwyaf. Cyngerdd Fawreddog Ifan Gwyn. Neu Ifan Gwyn yn cael ei dderbyn i'r Orsedd. Neu'r Gymanfa.

Oherwydd daeth hyd yn oed Dad i'r Gymanfa Ganu i gloi'r Eisteddfod.

Os yw wythnos yn hir mewn gwleidyddiaeth, mae diwrnod yn hir ar faes yr Eisteddfod. Ac erbyn y dydd Sul olaf, roedd siom y cadeirio a neb yn deilwng wedi pylu rywfaint, a holl gadeiryddion yr holl bwyllgorau yn canmol ei gilydd am drefnu Eisteddfod heb ei hail. Gallwn daeru fod rhai hyd yn oed yn barod i gymryd y clod am drefnu'r tywydd. Canu mawl, felly, oedd yr unig ffordd addas i orffen yr ŵyl. Roedd Myng-gu wedi cael ail wynt a chostiwm newydd o Paris House. Un fach dwym. Oherwydd, fel holl henoed y pafiliwn, doedd dim gobaith ei chynhesu gan na haul nac anthem. Canai rhai, fel Myng-gu, fawl i Dduw; eraill, fel Dad, fawl i rywbeth mwy annelwig na Duw hyd yn oed. Ac ar ôl llwyddiant ysgubol Cyngerdd Ifan Gwyn, roedd cadeirydd pwyllgor y Gymanfa wedi gofyn am gael rhoi *encore* o unawd y contralto o'r gyngerdd honno ar raglen y Gymanfa. Sut allai Dad beidio â bodloni? Dyma'r gân a gyfareddodd bawb. Pawb ond fi. Doeddwn i ddim mor siŵr. Un o ffrindiau coleg Dad, y Prifardd Siôn Llwyd, oedd wedi cyfansoddi'r geiriau ar ôl marw Mam. Enw'r gerdd felly oedd Mary. Dad wedyn aeth ati i gyfansoddi alaw i gyd-fynd â'r geiriau. Enw'r alaw oedd Angharad. Roeddwn i wedi bod ishe diflannu pan ddarllenais yn rhaglen y gyngerdd y byddwn innau'n bresennol, ac wedi diflasu'n llwyr wrth gael fy nghyfarch gan gymaint o bobl ddieithr wrth i mi geisio gadael y pafiliwn. Pe byddai Myng-gu ond yn gallu cerdded yn gynt gallwn fod wedi dianc rhag cydymdeimlad pawb. Ond llwybr malwoden oedd ein llwybr ni tua'r brif fynedfa a finnau'n trio osgoi llygaid pawb a syllu tua'r llawr, gan droi'r byd i gyd yn gae o sgidie.

Roedd Dad hefyd yn casáu rhyw ffwdan fel hyn. Ac er nad oedd Myng-gu'n pwyso ar ei fraich yntau, doedd ei daith fawr cyflymach na'n siwrne ni.

'Gwefreiddiol.'

'Ysgubol.'

'Bythgofiadwy.'

'Uchafbwynt.'

'Teimladwy.'

'Gorchestol.'

'. . . Athrylith.' Y gair hwnnw eto.

Ac wrth droi bant:

''Na dreni.'

'Pŵr dab.'

''Run poerad â'i mam.'

'Duw help.'

'. . . Ei fam e neu ei mam hi oedd yr hen wraig?'

A'u sylwadau i gyd yn treiddio i'm calon fel eu sodle uchel yn tyllu'r pridd.

Ond o leiaf roedd Dad wedi dewis peidio â gofyn i Elena ganu.

x

Llythyr

Western Mail

Sir,

The National Eisteddfod Pavilion has been dismantled and the Maes is licking its wounds as it tries to return to being an ordinary field on an ordinary farm. It will take a long time for it to recover. For a week, it was a pasture where Welsh speakers could safely graze, and though the national flock has left, its marks have made a deep imprint on this soil. Almost as deep as the impression left by Ifan Gwyn's music on the nation's soul. Of all the highlights of the Eisteddfod week, the celebration concert remains the brightest. How blessed is Wales for having nurtured this illuminary musician.

I urge all your readers who missed the concert to look out for details of the planned repeat performance, scheduled for October.

Let's unite this divided nation through the language of music.

Yours,
H R Thomas
(Pentyrch)

xi

Llythyr Arall

ANNWYL IFAN GWYN

PARTHED: CYNGERDD COMISIWN EISTEDDFOD GENEDLAETHOL CYMRU, CAERDYDD, 1978

CLICHÉ. PASTICHE. GADEWCH GYFANSODDI AR GYFER Y CELLO I ELGAR A'I DEBYG. A CHYFANSODDI AR GYFER Y LLAIS I MEIRION WILLIAMS. STICIWCH CHI AT ROI GWERSI PIANO. DUW A'N GWAREDO RHAG BOD YN GENEDL SY'N DYRCHAFU TALENT EILRADD FEL CHI.

YN GYWIR

T RICHARD PYRCINS (MR)

*   *   *

Doedd dim Stryd Salem yn Canton. Doedd neb yn sillafu ei gyfenw fel 'Pyrcins' yn y llyfr ffôn. Cyfeiriad gwneud.

Ond roedd gwenwyn y geiriau a'r llythyr yn llafn go iawn drwy galon Dad.

xii

Croendenau. Yn sicr. Am bob mil o eiriau'n canmol, os daw un gair o feirniadaeth wenwynig mae Ifan Gwyn yn colli hyder. Cymaint mwy os yw'r feirniadaeth honno'n ddienw. Ac yng Nghymru heddiw mae ambell un yn ddigon parod i fynd i'r fan honno.

Parthed y beirniaid eraill. Gresyn mai fel 'beirniaid' y maen nhw'n traethu, ac nid fel sylwebyddion lle mae'r syniad o 'werthfawrogi' yn gynsail i'r gwaith. Mewn beirniadaeth felly, mae lle i bwyso a mesur rhinweddau a gwendidau, ond nid oes lle i sarhad. Na damnedigaeth.

xiii

Damwain

Taith o ryw dri chwarter awr oedd hi i'r ysgol ac roedd y siwrne ar y bws yn llawer mwy diddorol ers i Huw Huws ofyn i fi eistedd ar ei bwys. Dechreuodd y cyfeillgarwch ar ddamwain – yn llythrennol. Cafodd y bws ddamwain un diwrnod ar y ffordd i'r ysgol. Dim byd mawr. Beic modur yn dod fel cath o gythraul a gyrrwr y bws yn colli ei afael yn y llyw nes i flaen y bws ddal carreg mewn clawdd wrth droi cornel. Neb yn cael dolur. Ond gadawyd y bws un olwyn yn brin.

Myfyrwraig o goleg Cyncoed ar ymarfer dysgu yn yr adran Gemeg oedd Miss Jones. A druan â hi. Hi oedd yr unig un gydag unrhyw fath o awdurdod ar y bws i gyd, a bu'n rhaid i'w llais llygoden wneud ei orau i gadw trefn ar hanner cant o ddisgyblion a welai'r ddamwain fel cyfle gwych i golli gwersi. Daeth Huw Huws i'w hachub. Roedd Huw Huws yn y chweched dosbarth. Roeddwn i erbyn hyn yn nosbarth pump. A thrwy fy llygaid i, roedd Huw Huws yn binacl pob clyfrwch a chryfder. A chyn pen dim, roedd wedi trefnu popeth. Wedi anfon y gyrrwr i ffonio. Wedi dod o hyd i le diogel i'r plant i gyd gael aros ac wedi sefyll yng nghanol y ffordd tra oedden ni'n croesi i'r lle diogel hwnnw.

Ymhen hir a hwyr, daeth dau fws llai i'n cludo ni – ac wrth drefnu i bawb fynd ar y ddau fws, digwyddodd hi fod neb llai na Huw Huws wedi cadw lle i fi. Ar ddamwain rwy'n siŵr. Ond roedd rhai damweiniau'n fendithiol.

Ers y diwrnod hwnnw, byddai Huw Huws yn cadw sedd i fi bob bore. Roedd yn byw ar Pencisely Road, rhyw saith stop cyn fy stop i, ac ers i Delyth, fy mhartner bws, adael i fynd i Ysgol Howells, doedd gen i neb sefydlog yn gwmni ar y daith.

Rhyfedd fel y mae'r un ffordd yn union yn cynnig cymaint o deithiau gwahanol. Ac nid yr un oedd y siwrne oddi ar i Huw Huws fod yn gwmni ar ei hyd.

Un bore glas o aeaf cyrhaeddodd y bws yr ysgol a gweld golygfa anarferol. Yno, yn y gât ar yr iard, roedd y Prifathro yn troi'r bysiau i gyd am adre. Roedd y bwyler wedi torri a doedd dim modd cynhesu'r ysgol. Rheolau'r Sir felly ddim yn caniatáu i'r ysgol agor i ddisgyblion . . . Pawb adre.

Ymddiheurodd yn ddwys.

Pawb ar y bws, fel y gellid disgwyl, ar ben eu digon. Neb yn fwy felly na fi. Ar ôl tri chwarter awr o gwmni Huw, roedd tri chwarter awr arall yn ymestyn o'm blaen. Awr a hanner gyfan, a neb yn bod yn y byd ond y bachgen hwn ar y bws.

Ac roedd gwell i ddod.

Roedd gan Huw broblem. Doedd ganddo ddim allwedd i'w dŷ, ac roedd ei fam a'i dad yn gweithio. Doedd ganddo ddim problem felly, meddwn i. Roedd allwedd fy nhŷ i'n ddiogel yng ngwaelod fy mag, ac er nad oedd gen i fam, ac y byddai fy nhad innau hefyd yn gweithio, roedd croeso iddo ddod draw i geisio ffonio'i rieni . . . gan obeithio'n fawr na fyddai modd yn y byd iddo gael gafael ynddyn nhw.

Am y tro cyntaf, am wn i, ers i Anti June gael y trawiad asthma, es heibio'r fan cyn cofio am y digwyddiad.

Doedd y llais ddim yn hir yn tynnu fy sylw.

'Lodes benchwiban. Huw Huws yn llenwi ei phen a'i wagio o barch. Anti June druan. Only my aunt. Druan o Anti June. She's not my mother at all. Druan fach o Anti June.'

Ond roeddwn i wedi hen arfer. Ac weithiau mae llais sy'n mynd fel tôn gron yn colli pob ergyd. Fel athrawon sy'n ceryddu byth a beunydd. Mae'r neges yn mynd yn rhyw sŵn cefndir – annymunol, ie, ond cymharol ddiystyr.

'Ti'n iawn?' Huw oedd yn holi.

Am eiliad, rhaid fy mod wedi tawelu i glustfeinio, jyst rhag ofn fod gan y llais rywbeth newydd i'w ddweud.

'Yn iawn,' atebais.

Yn iawn, iawn, iawn. Dyma fi! Angharad Gwyn yn cerdded ar hyd Heol Don yng nghwmni neb llai na Huw Huws. Ac roedd gwell i ddod.

'Dere, gad i fi gario'r sachell 'na.'

A chyn i fi glirio fy llwnc i brotestio, roedd Huw Huws wedi cydio yn strapyn y sachell ledr a fu gen i ers y dydd y bu farw Anti June ac wedi'i daflu'n ysgafn dros ei ysgwydd.

Roeddwn i'n disgwyl y llais ac yn gallu siarad drosto:

'Ti'n cofio'r siop fach yn Caroline Street? Anti June druan.'

'Ti'n iawn?' Huw eto.

Am eiliad arall, rhaid fy mod wedi tawelu. Jyst digon. Jyst rhag ofn.

'Yn iawn.'

Yn iawn, iawn, iawn. Huw Huws yn cario sachell Angharad Gwyn. Ac o'r tu mewn i mi, gallwn glywed fy llais fy hunan fel yr oedd pan oeddwn i'n ferch fach yn gwichian gwenu 'corrblimey'!

Wel wrth gwrs, ddim wir 'corrblimey', oherwydd roedd yr athro Ysgol Sul wedi rhoi stŵr i ni i gyd unwaith am ddefnyddio'r ymadrodd hwnnw gan esbonio mai ei ystyr go iawn oedd 'God blind me!' Sobrodd hwnnw ni. Doedd neb ishe i Dduw ei ddallu go iawn. Felly, sori Dduw, paid â'm dallu, ond iesgyrn post roedd hyn yn anodd ei gredu.

Ac roedd gwell i ddod.

Cyn mod i'n deall sut, roedd Huw Huws yn dal yn fy llaw i. Fy llaw i! A dyma ni, ar ddiwrnod glas o aeaf braf, yn cerdded rownd cornel pob gwaharddiad ac yn anelu tua'r ded-end. Fi a Huw Huws law yn llaw. Roedd Mair yn iawn. Roedd hi wedi dweud ers tro ei fod e'n fy ffansïo ond fy mod i'n rhy dwp i ddeall hynny. Rhy dwp, rhy swil, rhy ofnus.

72. Roedd y tŷ cyfarwydd yn edrych yn hollol anghyfarwydd. Roedd hi'n anodd credu sut y gallai un cyffyrddiad llaw weddnewid y byd i gyd.

'Dad?!' gelwais wrth agor y drws. 'Da-ad?!'

'Ti'n siŵr bydd ddim ots 'da fe mod i'n defnyddio'r ffôn?'

'Paid â bod yn sofft. Dad?!'

'Dyna'r ffôn.' Ac wrth bwyntio tua'r teclyn coch oedd yn hongian ar bwys yr hatsh, dyma fentro . . .

'Ti ishe coffi?'

A dal fy anadl yn dynn, cyn clywed, 'Mmm. Coffi. Grêt. Diolch.'

Mmm. Coffi. Grêt. Diolch. Mmm. Coffi. Grêt. Diolch.

Ac i gyfeiliant y geiriau hyn dyma fi'n dawnsio drwy'r gegin i gyfeiriad y stydi gan ddweud:

'Jyst yn mynd i ddweud wrth Dad ein bod ni 'ma.'

Gwthiais ddrws y stydi'n dawel. Roedd Dad wedi bod yn un o'i hwyliau absennol. Doedd e ddim yn ymateb yn dda i ganmoliaeth, ond roedd e'n ymateb yn llawer gwaeth i feirniadaeth.

Cododd ei ben o'i ddesg a throi'n araf i edrych tua'r drws.

'Angharad.'

Dim cwestiwn, na chyfarchiad, na syndod. Jyst gosodiad. Mewn goslef rywfaint yn wahanol i'r arfer.

'Mae bwyler yr ysgol wedi torri a phawb wedi gorfod mynd adre.'

'Angharad.'

'Ti'n iawn, Dad?'

Roedd tri llythyr yn ei law. Tair tudalen a phob un yn dod o'r un cyfeiriad gwneud. Pob llythyren wenwynig yn fras. Pob gair yn garreg finiog.

'Gadewch yr hen lythyron 'na nawr wir, Dad.'

Ac wrth estyn amdanynt, dyna pryd sylwais i fod potel win wag ar ymyl y ddesg. Doedd dim arogl gwin. Rhaid bod arogl sigârs yn gryfach nag alcohol.

'Dad! Ti 'di bod yn yfed!? Mae'n chwarter wedi deg y bore, Dad!'

'Angharad, Angharad, Angharad.'

Doeddwn i ddim yn hoffi'r oslef. Na'r wên. Na'r llafariaid tafod tew.

'Paid dannod diferyn bach o gysur i'r hen foi.'

'Af i i neud coffi i ti. Arhosa fan hyn.'

Yr unig beth oedd ar fy meddwl i nawr oedd cadw Ifan Gwyn oddi wrth Huw Huws.

Roeddwn i wedi cuddio Dad mewn cyflwr tebyg oddi wrth Mair. A Myng-gu. Droeon erbyn meddwl. Ond yn ystod gyda'r nos. Doeddwn i erioed wedi'i weld fel hyn mor gynnar yn y dydd.

Pan gyrhaeddais yn ôl i'r gegin roedd Huw yn eistedd ar un o seddi'r nyth ledr o gwmpas y ford. Doedd ei fam ddim yn y swyddfa, ond roedd wedi llwyddo i adael neges gydag ysgrifenyddes ei dad.

Ar ganol esbonio hyn oedd e pan synhwyrais i Dad yn sefyll y tu ôl i mi.

'Wel helô! Wedest ti ddim fod fisitors 'da ni, Angharad fach. Fisitors, ife?' A gwthiodd ei ffordd heibio i fi ac i mewn i'r gegin.

Cododd Huw ar ei draed.

'Sh, sh, shtedda gw' boi. 'Na dy 'unan yn gysurus 'ma. Croeso i gartref Prif Dalent Eilradd y Genedl! A beth sy 'da chi mla'n 'ma? Bore coffi? Byse well 'da'r fisitors ddiferyn o win, Angharad fach, ble ma dy feddwl di?'

xiv

Dywedir bod pob athrylith yn ymarfer ei grefft am 10,000 o oriau cyn ei pherffeithio. Mae Ifan Gwyn yn enghraifft berffaith. Fel Mozart, denodd sylw cynulleidfaoedd pan oedd yn fachgen ifanc am ei berfformiadau meistrolgar ar y piano. Byddai'n mynd bob penwythnos yn ddi-ffael i gystadlu mewn eisteddfodau bach a mawr ac yn cipio gwobrau ariannol hael, heb sôn am y mawl, y parch a'r bri. Cyrhaeddodd ei yrfa addysgol ei phinacl pan enillodd ysgoloriaeth i Goleg Cerdd Brenhinol Llundain, ac yna, pan enillodd radd dosbarth cyntaf y coleg hwnnw gyda chlod arbennig. Roedd ganddo ddawn, oedd; ond roedd ganddo hefyd grefft a dyfalbarhad. A thra byddai cerddorion eraill yn enwog am eu hanwadalrwydd, roedd Ifan Gwyn, o leiaf yn ei fywyd proffesiynol, yn ddyn prydlon i'r eiliad a chwbl ddibynadwy. Byddai'n cyrraedd pob ymarfer a phob cyngerdd mewn da bryd, yn gwbl drwsiadus, ac wedi sgleinio pob saib a phob *demisemiquaver*.

*   *   *

Gweddw Dawn heb ei Chrefft.
Gweddw.
Gwidman.
Meddw.

172

7

Ymweliad

i

Ond pan ddêl d'amser dithau, dos tua thre'
* i orwedd gyda'th geraint yn y llan,*
a rhoed y llannerch rugog sy'n y lle
* aroglau grug y mynydd uwch y fan . . .*

fy nghadwedigaeth fydd dy hiraeth di,
a'th angof llwyr fy llwyr ddifancoll i.

RWP

Newport

O dan y twnnel ac yn y golau neon, roedd fy nau wyneb yn edrych yn ôl arnaf drwy wydr dwbl y ffenest. Roedd y ddau'n flinedig. Y llygaid yn drwm a'r rhychau ar y talcen fel dau ddarn o wifren ffens yn trio'u gorau i gadw'r baich meddyliau rhag dianc o'u corlan. Roedd un yn arbennig wedi dechrau curo'n galed. Ac roedd ganddo lais treiddgar, di-ildio. Dim ond dwy frawddeg a feddai ei holl iaith:

'Mae rhywbeth o'i le, mae rhywbeth ar goll. Waeth i ti gyfaddef ddim, Angharad Gwyn.'

A thu ôl i'r ddwy frawddeg, roedd llais arall, llais mud, mwy meddal y tro hwn. Ond llais cwbl glywadwy, serch hynny. Llais a roddai rym rheswm i deimladau cwbl afresymol. Llais a oedd yn siarad o fêr yr esgyrn, neu bwll y galon, neu ryw fan arall tebyg. Man rhy ddwfn i'w enwi. Llais a wyddai, rywsut, y byddwn i'n cael y darn coll cyn diwedd y dydd.

Newport. Casnewydd. Yr arwydd ddwyieithog gyntaf. Ac er mai uniaith oedd hwiangerdd y gard yn dal i fod, gallwn daeru fy mod yn synhwyro rhyw newid, rhyw ryddhad yn ei lais.

'Ladies and gentlemen. The train will shortly be arriving at Newport.'

Newport. Casnewydd. Gwent.

Dim ond un stop arall. Un.

Christ in Majesty

Doeddwn i ddim yn dod adref i orwedd gyda Geraint yn y llan. Dyna beth ddigwyddodd yn y chweched dosbarth.

Geraint Hughes. Bachgen o'r Rhondda. Gyrrodd yr holl ffordd lawr i Gaerdydd o'r Porth ym Mini Metro'i fam, heb drwydded o fath yn y byd, i'm gweld i. Roedd yn yr un flwyddyn â fi. Nid yn yr un dosbarth. Un o'r criw ailsefyll CSEs oedd Geraint; roedd e'n chwarae rygbi dros yr ysgol ac yn canu'r trwmped. Roedd ganddo'r hawl i fod yng nghategori'r hyncs ar ddau gownt felly – chwaraewr offeryn pres a statws seren y bêl hirgron. Roedden ni'n 'mynd mas' gyda'n gilydd ers mis. 'Mynd mas' heb fod mewn gwirionedd yn 'mynd' i unman. 'Mynd mas' oedd cerdded rownd yr iard amser egwyl ac amser cinio – os nad oedd ymarfer rygbi – a dal dwylo weithiau, weithiau, weithiau.

Roedd Huw Huws wedi mynd i'r coleg yng Nghaerfaddon. A doeddwn i ddim wedi dal llaw neb ers y diwrnod pan oerodd bwyler yr ysgol.

Doeddwn i ddim yn ei ddisgwyl. Myng-gu atebodd y drws. Roedd Dad yn Llundain.

Canodd y gloch, a phan glywes i Myng-gu yn gwahodd rhywun i mewn i'r tŷ, es i glustfeinio ar dop y landin. Doedd dim amheuaeth pwy oedd y llais. Llais ling-di-long na roddai'r 'h' yn Angharad, ac a ddisgynnai'n isel, bron i sŵn 'y' ar yr ail 'a', nes gwneud fy mhengliniau i'n wan.

'Ang hâr ad!' Llais Myng-gu.

'Mae ffrind bach o'r ysgol wedi dod i alw. Ti'n dod lawr?'

Ffrind bach? Dod lawr? Sut allen i ddod lawr? Roeddwn i'n gwisgo hen, hen, hen *shell suit* a newydd olchi ngwallt yn y sinc a'r cwbl yn wlyb diferu mewn hen, hen, hen liain ar dop fy mhen. Dod lawr? Dod lawr?

'Bydda i 'na nawr, Myng-gu. Dwy eiliad!'

Llais serchog i guddio'r panic ac i fyddaru'r lleisiau eraill. Y lleisiau oedd yn dweud 'cwic, cwic, cwic, jîns, crys-T Fruit of the Loom, masgara – o leiaf masgara, cwic, cwic, cwic, cym-on Angharad. Ffrind bach o'r ysgol. Cym-on!'

Baglu dros ochr y gwely. Agor y cwpwrdd dillad a thaflu'r crysau-T ar lawr. Dim Fruit of the Loom. Setlo am *skinny rib* yn lle. Jîns, jîns, jîns. Gogoniant! Myng-gu! Beth chi 'di neud? Yno'n hongian yn y cwpwrdd roedd y jîns wedi'u smwddio'n fflat ar draws, yn lle ar i lawr – a heb y min i lawr hyd y goes doedd y jîns, wel, jyst ddim yn jîns. Dim byd amdani. Rhaid eu gwisgo'n fflat.

Llais Myng-gu . . .

'Ti'n dod, bach?'

Ac wrth alw 'ydw' yn siriol a dihidans ar yr un pryd, colli gafael ar y brwsh masgara a gadael ôl mawr du ar hyd fy moch. Gwlychu bys a rhwbio a chreu craith fwy fyth.

Cwic, cwic, cwic, Angharad fach, cym-on!

Sychu'r masgara a brysio lawr llawr fesul dwy ris.

'O! Geraint! Ti sy 'na?'

Oedd hynny'n ddigon o actio i hala iddo gredu nad oeddwn i'n meddwl am eiliad mai fe oedd yno?

Tybed?

A chwarae teg i Myng-gu:

'Wel 'na ni 'te, gadawa i chi'ch dou fach – ma digon o waith 'da fi mas yn y gegin.'

Dwi'n cofio cymaint â hynny am yr ymweliad. Cofio meddwl mod i'n mynd i farw pan sylweddolais ei fod wedi gyrru ac yntau ond yn un ar bymtheg. Cael fy nal rhwng teimlo fy mod i mewn cwmni twpsyn clown a chwmni arwr. A chofio cytuno i fynd am dro.

'Ni'n mynd am wâc, Myng-gu.'

''Na ni 'te. Joiwch.'

Ac fel rhyw ôl-nodyn . . .

'Fyddwch chi'n hir?'

Na fyddwn.

Ac fel rhyw ôl-ôl-nodyn . . .

'O's ishe cot arnat ti?'

'Myng-gu!'

Ac allan â ni. Cerdded yn chwithig heibio tŷ Yvonne a rownd y gornel a arferai fod yn waharddedig, ac allan i'r ffordd fawr. Troi tuag at bentref Ystum Taf, lawr heibio ysgol *ballet* Miss Lemon, croesi'r ffordd i'r siop losin a phrynu bobo Wagon Wheel, troi heibio'r swyddfa bost, dros y bont, tu ôl i gefn y BBC a lan i bentre Llandaf.

Rwy'n cofio hefyd fod Geraint ishe gweld yr eglwys gadeiriol. Synnais. Roedd hi'n anodd dirnad. Ai'r un Geraint oedd hwn â'r Geraint ar iard yr ysgol?

'Wir?' holais mewn anghrediniaeth.

'Wir.'

Atebodd fel pe byddai ymweliadau gydag eglwysi cadeiriol y peth mwyaf naturiol i unrhyw bâr chweched dosbarth eu trefnu yn ystod eu 'mynd mas' go iawn cyntaf.

A throi am yr eglwys a wnaethon ni.

Roeddwn i'n hen gyfarwydd â'r eglwys, wedi treulio oriau yn eistedd ynddi yn gwrando ar Dad yn ymarfer gyda gwahanol gorau ac unawdwyr. Ond heddiw roedd hi'n gwbl wag. Dim ond atsain ein camau ni ein hunain a gadwai gwmni i ni. Syllodd Geraint ar y *Christ in Majesty* yn sefyll yn daliedd a'i ddwylo'n wahoddiad tawel, cadarn ac eisteddais i yn un o'r cadeiriau pren i syllu'n ddistaw bach arno yntau. Roedd yn fachgen golygus mewn rhyw ffordd hyll. Ond dyna ni, yn wahanol i ferched eraill y dosbarth, JPR oedd fy arwr i, nid Barry John. Gallwn weld nad oedd JPR yn bert o olygus. Cadarn o olygus oedd e. Yn ddibynadwy o olygus. A phan fyddai'r tîm i gyd wedi troi eu cefnau ar y bêl, gallech ddibynnu ar ddwylo mawr, cadarn JPR i fod yno. Yn barod i'w dal. Dyna pam roeddwn wedi mentro crafu'r tair llythyren yn lledr fy sachell gyda min y cwmpawd. Roedd eu gweld yn fy nghysuro a'm cyffroi.

Full-back oedd Geraint hefyd. Ac fel JPR roedd ganddo wallt anniben.

Eisteddais i weddïo. Gweddïo na fyddai Geraint yn gweld Dad fel y gwelodd Huw Huws Dad.

Gweddïo hefyd y byddai Dad yn stopio yfed.

Rhyfedd. Dim ond mewn gweddi roeddwn i'n cyfaddef fod Dad yn yfed. Bob tro arall, gallwn gredu'r stori, gystal â Dad, nad oedd y gwin yn broblem o gwbl yn tŷ ni. Doedd hyd yn oed y lleisiau ddim yn sôn am yfed Dad. Na, roedd digon o waith gan y lleisiau i ddangos i mi fy ngwendidau fy hunan.

Daeth i eistedd ar fy mhwys, yn agos. Mor agos nes gallwn deimlo holl hyd ei fraich yn erbyn hyd fy mraich i. Y cyfan y gallwn ei weld o flaen fy llygaid oedd diagram Mr Evans Ffiseg o'r molecylau'n symud o solid i hylif i nwy a'u gweld yn dawnsio'n brysurach wrth i'r gwres godi. Gallwn daeru fod holl ronynnau mêr asgwrn fy mraich yn cael eu tynnu tuag at fêr asgwrn braich Geraint. Cywilydd. Siŵr fod Iesu Grist ar ben y tun bêcd bîns o gerflun yn medru ngweld i'n toddi. Siŵr hefyd fod gronynnau mêr esgyrn Geraint yn gwbl lonydd, a siŵr ei fod e'n gallu teimlo fy rhai i yn gynnwrf gwirion. Ceisiais symud fodfedd. Pe byddai bwlch bach rhwng y ddwy fraich, falle byddai'r gronynnau'n oeri ac yn aros yn llonydd. Ond roedd symud ychydig bach yn annymunol o amhosib. Yr unig ddewis oedd codi, a symud yn llwyr.

A dyna, yn y diwedd, a wnes i. Codi.

Y broblem nesaf oedd gadael y rhes. Byddai'n rhaid troi i'r dde a cherdded heibio Geraint oherwydd roedd piler rhyngof i a dianc i'r chwith. A byddai'n amhosib mynd heibio i Geraint heb gyffwrdd yn ei ben-glin, man lleiaf. Wrth fy mod i'n simsanu fel hyn, cododd Geraint hefyd, a heb yngan gair, arweiniodd y ffordd allan o'r rhes, o dan y *Christ in Majesty* ac allan drwy'r drws bach yn y drws mawr i'r lle roedd yr haul yn ceisio'i orau i gynhesu cyrff y fynwent. Yma, ym mhorth y drws, cydiodd yn fy llaw a dwyn cusan ar fy moch. Cusan mor gyflym nes i mi amau ei bod wedi cael ei dwyn o gwbl. Nid bod angen i Geraint droi'n lleidr fy nghusan i. Fe'i cawsai'n llawen, ond iddo ofyn.

Ac ar lecyn bach o laswellt rhwng beddau dau nad oedd hi bellach yn bosib darllen eu henwau ar ôl degawdau o alar y glaw, lledorweddodd Geraint a fi i fwyta Wagon Wheels ac i drafod, o bopeth, gerflun Jacob Epstein. Ei ddwylo mawr oedd yn fy meddwl i. Dwylo garw, tyner. Saff.

Mae'n amlwg nad oeddwn i'n adnabod Geraint Hughes. A doedd e ddim yn fy adnabod i.

Cnoc

Un bore Sadwrn a neb yn tŷ ond Myng-gu a fi, daeth cnoc yn y drws. Roedd Dad yn Llundain yn cyfeilio i rywun o'r enw Jenny a Myng-gu a fi'n edrych ymlaen at roi 'gwd sbring-clinad' i 72. Rhyfedd nad oedd neb wedi trafferthu rhoi enw i'n tŷ ni. Roedd nifer o dai eraill y stryd wedi trwco'r rhif am enw i roi cyfeiriad clir i'w hiraeth. Arberth. Pencaer. Llety'r Wennol. Ond 72, a 72 yn unig oedd ar bostyn iet tŷ ni. Ac yn fwy na hynny 'sefnti-tŵ', nid 'saith deg dau', neu lai fyth, trigain a deuddeg, fydde pawb yn ei ddweud.

Doeddwn i ddim yn ferch daclus wrth reddf. Nid fel Yvonne – roedd honno byth a hefyd yn tacluso'i stafell – tacluso a golchi dwylo. Hyd yn oed yn y chweched, a ninnau braidd byth yn galw ar ein gilydd mwyach, roeddwn i'n gallu synhwyro wrth ei gweld hi'n mynd allan gyda'i ffrindiau ei bod hi'n dal yn hynod, hynod daclus. Pob blewyn yn ei le.

Ond roedd rhywbeth yn wahanol am y sesiynau tacluso hyn gyda Myng-gu. Rhywbeth egnïol a fyddai'n gadael y lle'n 'sheino fel gwddwg potel' ac yn fy ngadael i'n teimlo'n hollol rinweddol.

'Calon *lân* sy'n llawn daioni, ti'n gweld, Angharad fach. Dim un â dwst arni.'

A gyda'r anogaeth hon, byddai Myng-gu a fi'n gwneud ein gorau i gyflawni'r gorchwyl a arferai gael ei wneud mor feistrolgar gan Anti June.

'Dachre yn y top a gweitho lawr.'

Ac yn ddidrugaredd byddai'r corrod a'r llwch a'r

papurach a'r sane coll a'r ffrwcs a'r naddion pensel a'r cwbwl i gyd yn cael eu tynnu o bob twll a chornel i wneud lle i'r Pledge a'r parazôn.

Collodd cloch y drws ei chân ers misoedd, ac felly tueddai pob cnoc i fod naill ai'n betrus neu braidd yn ddiamynedd. Byddai pobl boléit yn troi at y cnoc yn betrusgar, jyst rhag ofn fod y gloch wedi canu tu fewn, ond nad oedd y sawl ar y tu fas yn medru ei chlywed. Pe byddai wedi canu tu fewn, byddai hynny'n golygu bod y gnoc yn dod fel ail neu drydedd alwad ar glust oedd yn amlwg ddim yn dymuno ymateb. Wedi'r cyfan, pe byddai perchennog y glust yn dymuno ateb y drws, byddai wedi gwneud ar y caniad cyntaf. Byddai'r ymwelydd diamynedd, ar y llaw arall, yn cnocio'n egr gan ei fod yn siŵr fod y diogyn yn y tŷ nad oedd wedi trafferthu newid batri'r gloch, yn awr yn rhy bwdwr i ddod i ateb y gnoc. Roedd rhaid rhoi cnoc fawr hefyd wedyn, er mwyn gwneud yn hollol siŵr y byddai'r diogyn a oedd yn y tŷ yn ei chlywed. Ac roedd rhoi cnoc fawr ar ddrws pren caled yn brifo dwrn.

Cnoc ddiamynedd iawn oedd hon.

Doeddwn i ddim ishe ateb y drws. Roedd Garry'r Llaeth wedi galw ddydd Sadwrn diwethaf ac roedd Dad wedi dweud nad oedd ganddo newid i'w dalu ac y dylai alw ddydd Sadwrn nesaf.

Doedd Dad ddim wedi gadael unrhyw arian i dalu neb. Dim arian cinio chwaith, o ran hynny. A doeddwn i ddim ishe gorfod esbonio hyn i Garry.

Wrth fy mod i ar fin gofyn i Myng-gu fynd i ateb y drws, daeth ei llais o'r gegin,

'Alli di fynd, bach? Mae nwylo i'n llawn sebon.'

A lawr â fi. Cysurais fy hunan gan feddwl falle mai'r postmon oedd yna. Byddai hwnnw'n cnocio os oedd y llwyth llythyrau'n rhy fawr i'w wthio drwy'r drws.

Gallwn weld drwy'r gwydr nadreddog yn y paneli naill ochr i'r drws nad Garry oedd yna. Roedd dau ddyn yno. Nid y postmon oedd e chwaith felly.

Doedd dim amdani ond agor y drws.

'Is your Dad in?'

'No. Sorry. He's not.'

'Is your Mum in?'

'No. Sorry. She's dead.'

'Are you on your own?'

'No.'

'Who's with you?'

'Myng-gu. I mean, my grandmother. Who are you?'

Dau ddi-liw. Cotiau tywyll dros siwtiau tywyll a sgidie du a oedd wedi dechrau llwydo gan henaint. Dau'n ceisio edrych yn drwsiadus er bod brethyn eu dillad yn rhy rad, neu'n rhy hen, neu'n rhy hen a rhad i fod yn drwsiadus iawn.

Rai blynyddoedd yn ddiweddarach, pan oeddwn yn y coleg yn Llundain, gwelais un o'r ddau hyn ar orsaf Paddington eto. Wnes i ddim ei adnabod yn syth. Ond wrth weld ei wyneb deffrodd rhyw hen deimlad annifyr y tu mewn i mi. Felly mae hi'n aml. Gweld rhywun, ac atgof am deimlad yn deffro cyn atgof am enw. Teimlad oer. Teimlad cynnes. Teimlad o ofn. Teimlad cysurus.

Teimlad o fod ishe cilio ddaeth drosto i pan welais i'r dyn hwnnw am yr eilwaith ar orsaf Paddington.

Doedd gweld y ddau'n cymryd allweddi'r Rover ddim yn cymharu â'u gwylio'n cario'r piano mas drwy'r drws ffrynt. Roedden nhw'n amlwg yn arbenigwyr yn y maes. Wedi hen arfer.

Mae'n anodd dweud beth oedd yn mynd trwy feddwl Myng-gu. Y cwbl ddwedodd hi nes ymlaen y noson honno oedd ei bod hi'n bwysig 'cadw pethau'r tŷ yn y tŷ'. Roeddwn i'n cytuno, ac yn teimlo'n drist fod y ddau ddyn di-liw wedi cymryd pethau'r tŷ o'r tŷ. Roeddwn i hefyd yn teimlo'n drist, bron yn grac, nad oedd Dad wedi bod yma i'w hatal.

Pan ddaeth Myng-gu o'r diwedd i garreg y drws, darllenodd bapurau'r ddau ddyn di-liw, gofyn iddyn nhw ailfeddwl, cyn ildio'n dawel a mynd nôl i'r gegin lle roedd hi wedi datgymalu'r ffwrn i'w sgrwbo'n lân.

Ar ôl iddyn nhw fynd, es i i mofyn mwy o fagiau sbwriel. Doeddwn i ddim ishe i Myng-gu lanhau'r stydi. Ac mor ddistaw â phosib tynnais y poteli gwag o'u holl guddfannau a'u rhoi yn y bag du.

Roeddwn i ishe llefen. Ond yn methu.

A dwi'n credu falle ein bod ni'll dwy'n twyllo'n gilydd y prynhawn hwnnw. Pawb yn twyllo'i gilydd am flynyddoedd maith.

Myng-gu, a fi a Dad.

Myng-gu'n fy nhwyllo i a Dad.

Fi'n twyllo Myng-gu a Dad.

Dad yn twyllo Myng-gu. A fi.

Pob un yn twyllo'i hunan.

8

Cyrraedd

i

Dangos i mi'r man lle mae'r llwybr yn dechrau. Y man lle nad oes lleisiau. Y man lle nad oes neb yn brysur. Nac yn bwysig. Y man lle mae'r meini'n llonydd a lle mae'r meysydd yn magu'r cerrig yn dyner mewn mwswg. Gad i fi ddod i'r man lle mae adnabod a dychymyg. Arwain fi yno. At y man lle mae'r gair.

Yr un gair a brofais unwaith ar fy nhafod, ac a anghofiais, ar ddiwedd y daith, ym myd gramadeg, lle mae rheswm yn drwm, rhy drwm i ddawnsio – rhy ddiflas.

Ac o galon gudd pob carreg ar hyd y llwybr, gad i mi ei gael yn ateb – y gair a oedd yn y dechreuad yn y tir, y gair sydd ym mhawb.

Ac yn neb.

Ac yn wir.

ii

Cardiff

'This train will shortly be arriving at Cardiff Central. Change here for connections to Manchester, Birmingham, Portsmouth and all Valley Lines. May I remind passengers . . .'

Ac ymlaen yr aeth yr hwiangerdd i swyno clustiau eraill. Roedd fy rhai i wedi stopio gwrando a stopio clywed. Dyma oedd pen y daith.

Cydiais yn y broflen. Roeddwn wedi gorffen ei darllen. Nid ar ei hyd. Roedd hynny'n rhy boenus. Dim ond neidio o un bennod i'r llall. Roedd wedi fy niflasu. Beirniadaeth John Ingles, darlithydd yn y Castell – gor-ganmoliaethus. Teyrnged Richard Davies, cyfaill Dad – o leiaf cafodd y beirniaid gic. Ysgrif Lewis Williams, adolygydd cerdd y *Western Mail* – cyfoglyd mewn mannau. A'r gwaethaf o bell ffordd – atgofion personol Elena. Diolch fy mod wedi gwrando ar Rob ac wedi gwrthod cais y cyhoeddwr i lunio fy mhennod fy hun.

'Adnabod Arwr'. Am deitl ar gyfres. Doedd dim gobaith gan neb i ddod i adnabod Ifan Gwyn drwy ddarllen y llyfr hwn. A sut oedd dod i'w adnabod? Ddim hyd yn oed ar ôl byw dan yr un to am ddeunaw mlynedd, ddim hyd yn oed o fod yn rhannu'r un gwaed, 'run cnawd. Ddim hyd yn oed wedyn y gallwn ddweud fy mod i'n ei adnabod.

Os oedd y darllen wedi fy niflasu, roedd hefyd wedi fy nghythruddo. Pawb am y gorau ishe hawlio rhan o Ifan Gwyn. Pawb am y gorau ishe creu dolen

mor dynn â phosib rhyngddyn nhw a'r arwr dieithr.
Yr athrylith.

A daeth llais arall i wthio'i ffordd ac i fwrw yn
erbyn gwifren y ffens. Roedd gan y llais hwn lawer
iawn mwy na dau gwestiwn. Doedd y llais hwn
ddim yn siarad gyda fi chwaith. Fy llais i oedd e. Ac
roedd yn siarad gyda'r cyfeillion honedig:

'Ble roeddech chi pan oedd y llythyrwr dienw yn
mynnu aflonyddu Ifan Gwyn?

'. . . pan oedd Ifan Gwyn yn methu talu'r bil
llaeth ond yn jocan byw fel brenin?

'. . . pan oedd eich arwr a'ch athrylith wedi yfed
hyd yn oed y piano, a Myng-gu a fi ar ôl yn gweld y
bwmbeili ac yn methu gwneud dim?

'Ble?'

O holl gydnabod Ifan Gwyn . . . doedd neb yn ei
gydnabod. Heb sôn am ei adnabod.

Sgrechiodd brêcs y trên. Cesglais fy eiddo. Bag
llaw. Cot. Ces bach dros nos. A'r broflen yn llawn
hanner atgofion pobl eraill am Dad.

iii

Tacsi

Tu allan i orsaf Caerdydd roedd tri neu bedwar tacsi yn aros, a'r gyrwyr i gyd wedi crynhoi o gwmpas y car cyntaf yn y rhes ac yn mwynhau mwgyn yn yr hwyrddydd hir. Doedd tacsi ddim yn meddu ar yr un urddas â Cabs Duon Llundain, ac wrth i mi suddo i orchudd ffwr neilon sedd gefn y car, teimlwn fy mod yn suddo o'r golwg yn llwyr.

'Whereto?'

Bron i mi roi cyfeiriad sefnti-tŵ yn yr Eglwys Newydd iddo. Ond:

'Heath hospital, please,' oedd y geiriau ddaeth mas.

'Do you knows which entrance?'

'No.'

'It'll 'ave to be the main one then – a' right?'

'That's fine.'

Tawelwch.

Ond nid yw pob gyrrwr tacsi yn gallu gyrru mewn tawelwch. A dechreuodd hwn ar ei stori.

'I tell you wha', I's been terrible these last few days. My shoulder? I's been terrible? And I can't do this?'

Tri gosodiad yn dri chwestiwn. Ac wrth ddweud ei fod e'n methu codi'i ysgwydd, dyma'i chodi – i ddangos beth yn union oedd e'n methu'i wneud.

'I reckon I should come with you to the 'Eath an' all? I's tha' bad?'

'Oh dear. I'm sure it's very painful.'

188

'So you from West Wales? You sound awful Welsh you do.'

'I was born in Cardiff actually.'

'You're nor one of them Welsh speakers? I used to go to school in Gabalffa. And our yard was next to the Welsh school? Bro Taff? I suppose you used to go there? They used to call us Inglies, and we called them Welshies. Bur really I'm Pakistani. No' really Welshie or Inglie. I's odd. I don' knows whar I am really. No' really Welsh. No' really English. And when I goes to stay with my Pakistani people in Birmingham, I thinks I'm no' really Pakistani either? Know whar I mean? I' does my 'ead in sometimes, i' does. Do 'u knows whar I mean?'

'I suppose I do.' Ac mi oeddwn i'n meddwl fy mod i falle'n ei ddeall.

Sŵn corn car.

Brêc.

'Jesus Christ!'

Sŵn teiar.

'Sorry, love. I's just that people round here don't know what roundabouts are for? It's a nightmare this fly-over. And the speedin' on King George the Fifth Drive is nobory's business.'

O'r diwedd, gallwn weld yr Ysbyty Athrofaol wedi'i wasgaru o'm blaen.

'There we goes.'

Estynnais y swm dyledus o'm pwrs ac ychwanegu cildwrn teg, cyn neidio allan o'r car. Aeth y gyrrwr siaradus i estyn y ces bach o gist y car. Talais. Dymunais wellhad buan i'w ysgwydd. Ffarweliais.

Roedd y lle'n dawel, a hithau bron â nosi. Dim ond sŵn fy sodle yn bwrw'r pafin. Doedd dim sicrwydd y cawn fynd i mewn. Ond roedd yr alwad bore 'ma wedi dweud y dylswn fy nghyflwyno fy hun wrth y ddesg a dweud fy mod wedi cael cais gan y Sister i ddod.

'I've come to see my father. I've been told to come.'

'His name?' holodd y llais caredig.

'Ifan Gwyn.'

'Do you know which ward?'

'Ward . . .' Sut allwn i anghofio'r enw hwnnw? Dim ond yr wythnos diwethaf roeddwn i wedi bod yma o'r blaen. A phan adewais nos Sul doeddwn i ddim wedi rhag-weld y byddwn yn cael fy ngalw mor sydyn i ddod ar y fath frys.

'Ah. Yes. Here we are.' Gallwn daeru bod golwg dosturiol ar wyneb y ferch wrth iddi esbonio i mi sut i ddod o hyd i Dad yn labyrinth yr ysbyty.

Dilynais y cyfarwyddiadau eto. Roedd fy nghamau bach brysiog yn cadw twrw enfawr wrth i mi hanner cerdded, hanner rhedeg ar hyd y coridorau cul.

iv

Galwad

Coridorau meddal oedd rhai'r ysgol uwchradd – a'u hatsain yn cael ei fogi rywfaint rhwng y gymysgedd o loriau pren ac adeiladau *prefab*.

Galwodd Miss Watkins fi i'w hystafell. Roedd galwad wedi dod i'r ysgol. Myng-gu druan. Daeth mam Mair i'm casglu i yn ei Mini bach coch, yr holl ffordd o ganol Caerdydd. Roedd y trefniadau'n cael eu gwneud o'm cwmpas a finnau'n ufuddhau. Doedd dim lleisiau'r diwrnod hwnnw'n gwmni. Dim. Dim ond gweithredoedd gwag. Pob cam, pob sgwrs, pob ystum yn awtomatig, yn union fel pe byddwn wedi bod yn yr un sefyllfa droeon o'r blaen.

Druan fach o Myng-gu. Roedd hi wedi teithio trwy'r dydd. Wncwl John wedi'i rhoi hi a'i bagiau ar y bws y bore hwnnw yn Llanybydder. Newid yn Abertawe ac arogl y bara brith wedi bod yn gwmni iddi bob cam. Ymlaen i Gaerdydd. Dim sôn am Dad yn yr orsaf. Ac ar ôl aros yn hir a holi, penderfynu mynd mewn tacsi ar ei phen ei hunan – am y tro cyntaf yn ei bywyd. Dyn bach neis iawn 'o bant' yn mynd â hi bob cam i'r Eglwys Newydd ac yn helpu i gario'i ches 'dat y drws. Ond ddaeth neb i ateb y drws. Penbleth wedyn. Roedd Myng-gu'n gwybod yn lle roedd yr allwedd sbâr yn cael ei chuddio, ond doedd hi ddim ishe dangos i'r dyn tacsi – 'neis neu beido' – a dyma hi'n mynnu ei fod yn mynd ac y byddai hi'n iawn. Ar ôl agor clicied sied yr ardd gefn a chwilio o dan yr hen duniau paent, daeth yr allwedd i'r golwg.

Druan o Myng-gu.

Doedd y tŷ ddim yn wag. Roedd Dad yno. Dad,
wedi plygu'n ei ddwbl ac yn gorwedd yn ddiymad-
ferth dros ddesg y stydi.

Druan fach o Myng-gu.

A Dad. Roedd sawl blwyddyn wedi mynd heibio
oddi ar hynny. A Dad yn gwella i waethygu bob tro.

Clywed

Gwichianodd sodle rwber y Sister yn boenus ar hyd y lloriau glân.

''Ma chi, bach,' meddai, wrth fy arwain i stafell fach ar ei phen ei hunan ym mhen draw'r ward.

'Licech chi i fi ddod miwn 'da chi?'

Roedd hi mor braf clywed sŵn crwn cyfarwydd Cymraeg ar ôl dieithrwch main Llundain, ac roeddwn i am gredu bod rhyw arwydd o lwc yn y ffaith mai Cymraes Gymraeg oedd y Sister hon. Go brin fod nifer o'r rheiny yn ysbyty mawr y brifddinas.

'Fydda i'n iawn. Diolch.'

Atebais, heb wybod o gwbl p'un ai byddwn i ai peidio.

'Gadawa i chi am funud fach 'te – galwch os o's ishe.'

Am hanner eiliad credais ei bod wedi fy arwain i'r lle anghywir. Nid Dad oedd hwn? Ond roedd yr enw uwch y gwely'n datgan hynny'n glir. Ifan Ebenezer Gwyn. Nil by Mouth.

Corff eiddil. Croen melynllwyd. Cwsg.

Estynnais gadair a'i thynnu'n nes at erchwyn y gwely. Syllais yn fud. Ac yn fyddar. Dim lleisiau i'w clywed. Gormod o ofn a thristwch i deimlo dim. Dim hyd yn oed deimlo ofn a thristwch.

Ar ôl syllu fel hyn am amser, clywais sŵn gwichian sodle rwber y Sister y tu ôl i mi.

'Chi'n iawn, bach?'

Trois i edrych arni. Heb fedru dweud gair.

Gafaelodd yn fy ysgwydd, yn gadarn garedig.

'Siaradwch 'da fe. Mae e'n clywed, chi'n gwybod.'

Tynnais fy ngwefus yn dynn dros fy nannedd, i ffurfio gwên benderfynol a ddwedai 'diolch'.

A throdd y sodle rwber gan fy ngadael i siarad gyda'r corff hwn a oedd yn dad i mi.

'Dad,' dechreuais. Roedd hwn, mae'n debyg, gystal man â'r un.

A heb fod yn siŵr a oedd yn gwrando neu beidio, es yn fy mlaen.

'Dad. Mae gen i newyddion i chi.'

Saib.

Dim ond sŵn ei anadl. Anadl gyson. Mewn a mas. Mewn a mas.

'Dad,' dechrau eto.

'Dad. Dwi'n disgwyl babi bach. Ti'n mynd i fod yn dad-cu. Mewn pum mis a hanner . . .'

A drodd ei ben y mymryn lleiaf? Fedrwn i ddim bod yn siŵr.

Clywed yr anadl gyson. Mewn. Mas.

'Bydd rhaid i ti wella'n glou nawr, Dadi. A dod mas o fan hyn. A gadael yr hen yfed i fod . . . '

Cyn i'r geiriau ddod mas roeddwn i'n difaru.

Fel pob alcoholic, gwadu'r yfed oedd gwraidd y broblem. Ac ar hyd y daith, roedd Dad wedi gwrthod cydnabod ei fod yn yfed mwy nag a ddylai. Fi fyddai'n dechrau'r sgyrsiau'n awgrymu hyn, a fi fyddai'n gorffen yr un sgyrsiau'n ymddiheuro am fod wedi codi'r fath beth. Ddwedodd Myng-gu ddim gair erioed. Ddim wrth neb. Allen i ddim dychmygu ei bod wedi sôn am y peth wrth Iesu Grist chwaith. Byddai gormod o gywilydd wedi bod arni. Dim ond gobeithio, falle, fod yr hwn a wêl yn y dirgel, yn gwybod yn barod, heb fod ishe unrhyw gyfeiriad uniongyrchol, ac y byddai, trwy ryw ddirgelwch, yn helpu – ryw ddiwrnod.

'Byddi di'n well wedyn, am byth, Dad. A byddwn ni'n gallu mynd nôl i fel o'n ni. A byddi di'n gallu canu'r piano a chyfeilio a rhoi gwersi cerdd a chyfansoddi . . .'

Symudodd ei ben?

'A gallwn ni ddechre 'to. A rhoi popeth nôl yn ei le . . .'

Doeddwn i ddim yn siŵr beth i'w ddweud nesaf.

Saib felly.

Yna,

'Dad.'

A chlywed yr anadl.

Mewn.

Mas.

Mewn.

Mas.

'Ac erbyn mis Mehefin byddi di'n ddigon da wedyn i ni fynd fel bob blwyddyn i Bethania, i weld Mam.'

Yr un ystum eto gyda'i ben?

Yr anadl yn parhau'n gyson.

Roedd cynnal sgwrs-un-ffordd yn anodd, ac wrth mod i'n meddwl am beth i'w ddweud nesaf wrtho, clywais wadnau rwber y Sister unwaith eto.

'Dyma chi. Dished fach o de,' a chan roi'r cwpan

a soser ar y cwpwrdd bach ar bwys gwely Dad, dyma hi'n mynd ati i droi ei obennydd.

'Os clywch chi ryw newid yn ei anadlu, galwch fi.'

Doeddwn i ddim yn siŵr beth oedd ystyr hynny, a rhaid bod fy edrychiad wedi gofyn y cwestiwn.

'Sdim ishe i chi fecso, dyw e ddim mewn unrhyw boen. Fydd e ddim mewn poen chwaith.'

Roedd hynny'n ddigon. Roeddwn i'n gwybod, fel pe nad oeddwn wedi gwybod ynghynt, na fyddai Dad yn dod o'r ysbyty'n fyw. Rhain oedd y munudau olaf. Roedd y Sister wedi dweud. Nid yn y geiriau noeth hynny, falle, ond roeddwn i wedi deall serch hynny. Roedd y newid o'r presennol i'r dyfodol . . . 'dyw e ddim / fydd e ddim' a'r gair bach 'chwaith' . . . yn ddigon o gliw. Fuodd yr un dyfodol yn gymaint o orffennol hollbresennol. Fuodd yr un 'chwaith' mor llawn o dragwyddoldeb.

Dechreuais wrando ar y tawelwch. Y tawelwch mwyaf swnllyd a glywais erioed. Doedd dim lleisiau. Dim ond sŵn anadl Dad yn llenwi'r stafell. Yr anadl gyson.

U-un, da-au, tri-i, ped-war, pu-ump, chwe-ech, sa-aith . . .

A bron i mi deimlo'n saff. Fel slawer dydd. Fel yn y dyddiau pan fyddai ei law chwith o dan obennydd fy ngwely i, a'i fraich dde yn gorwedd yn dyner ac yn drwm ar fy nghefn. Fel yn y dyddiau pan fyddai'n canu ei hwiangerddi gwneud, rhwng mewn-a-mas-o-diwn. Fel slawer dydd.

Anadl.

Mewn.

Mas.

Mor rheolaidd. Mor wahanol i anadlu gwyllt Anti June. Druan. She's not really my mother.

Anadl.

Mewn.

Mas.

Ai esgus cysgu ydoedd? Fel slawer dydd?

Anadl.

Mewn.

Mas.

Ai chwarae'r un hen gêm oedd Dad? Fel slawer dydd?

Beth allwn ei wneud y tro hwn i'w ddal rhag iddo ddianc o'r stafell, o'm gafael? Rhag iddo lithro'n llechwraidd allan i olau'r landin?

Anadl.

Mewn.

Mas.

Yna'n araf, a heb newid nac osgo na gwedd ei gorff, dechreuodd yr anadl golli ei dyfnder.

Anadl lai.

Mewn . . .

Mas . . .

Fesul eiliad, fel pe byddai'r ysgyfaint yn gwagio baich, symudai'r anadlu'n nes ac yn nes i'r lan.

Anadl fach.

Mas . . .

Edrychais arno.

'Dadi. Dere nôl. Sai'n gallu cysgu.'

Oedd e'n fy nghlywed?

Sut allwn i ei gadw i gyd i fi fy hunan, nes cân gyntaf bore fory a phob bore arall?

Anadl fach arall.

Mas.

'Dad?'

Anadl lai.

'Dad.'

Dim.

Siom

Roeddwn i wedi colli'r gêm. Roedd rhyw dwnnel dieithr wedi'i lyncu. Rhyw wagle arswydus.

Ifan Gwyn. Y Cymro egwyddorol. Yr athrylith o gerddor. Y carwr angerddol. Y meddwyn hunanol. Yr ysbryd isel. Y wên garedig. Y blaidd addfwyn. Y dirgelwch dwfn. Dad.

Beth nawr?

Hidia befo, ife Mair?

Beth nawr?

Golchi dwylo, ife Yvonne?

Beth nawr, Myng-gu?

Am mla'n?

Ond y Sister ddaeth. Dim Mair nac Yvonne. Na Myng-gu. A chan afael yn fy llaw, fe'm harweiniodd allan o fyd cyfrinach yr anadl olaf i wich y ward. Ces fynd i'r *friends and family lounge* a chael dished ffres o de tan i'r Sister fy ngalw nôl.

'Licech chi fynd i weud gw-bei?'

A chyn i mi gael cyfle i'w hateb mewn dryswch, fe'm hebryngodd nôl i'r ystafell gyfrin, lle roedd Dad yn esgus gorwedd yn dwt, y golau'n isel a blodau wedi'u gosod ar y cwpwrdd bach.

'O'dd hi'n neis eich bod chi wedi dod jyst mewn pryd.'

Edrychais yn syn arni.

Clywais lais arall, un o'r hen leisiau gor-gyfarwydd, yn dweud gydag ochenaid: 'O't ti'n rhy hwyr, Angharad fach, yn llawer rhy hwyr.'

vii

Amlen

Ar ôl ffonio Myng-gu a gwneud beth oedd raid, rhoddodd y Sister oriawr Dad i mi a'i fag molchi. A'i sgidie brown. Dim polish arnyn nhw. Dim ond llawer o ôl traul.

Ac amlen o bapurau.

'Tan echddoe buodd eich tad yn ysgrifennu. Mae'r cwbl yn yr amlen hon.'

Doedd dim angen i mi agor yr amlen. Roeddwn i'n gwybod beth fyddai ynddi. Pennod olaf y cofiant.

Pennod a oedd yn hunangofiant.

Pennod Dad.

A gadewais yr ysbyty a mynd allan i'r tywyllwch.

9

Hanner Stori

Am fod pob diwedd yn ddechrau, a'r ddau ym mhob eiliad yn adlais, yn anadliad, yn berffaith amherffaith, yn unwaith amodol na fydd ac na ddaw yn ôl, mentraf i'r ardd ym mhen draw'r tir, lle mae'r glaswellt yn llithrig a'r gwyll yn hir.

Ac yno, yn y darn rhwng dal a gollwng gafael, caf oedi ar ffin dau gyhydedd, yn y dechrau a'r diwedd.

Dros y bryn, ym myd amodol gardd pen draw'r tir, mae gorwel tawelach, lle mae lleisiau'r dydd yn llwch, ac yno'n rhywle mae'r dechrau a'r diwedd, a'r gair, a'r gwir, yn cydorwedd, yn ddistaw bach, mewn amser sy'n dynerach.

Yn awr, pe byse hi'n bosib, yno, yn yr ardd ym mhen draw'r tir, yn rhywle rhwng y gair a'r gwir, yn y dechrau a'r diwedd, y carwn innau fod.

Yno, yng ngwreiddiau'r ardd, mae atalnodau'r munudau yn seibiannu'r hen stori, ac yn ei hystyron hi mae sŵn simsanu, sŵn fel diferion glaw yn ofni disgyn, ac eto'n aros, yn gobeithio, yn disgwyl. Yn erfyn.

Yno, lle mae amser wedi'i ddal mewn diferion, mae'r gwyll yn aros y nos a'i lleuad genfigennus, a disgwyl ei hymgais hi i dynnu dŵr at ei gwefus.

Mae'r lleuad yn methu, ac o fethu, mae'n pwdu, a gwthio'r diferion yn ôl drwy'r tywyllwch.

Yn felyn gan eiddigedd, yn y felan fawr, mae'n bytheirio'r hen ŵr o'i mewn am fod yn rhy hen i'w ffrwythloni, cyn crebachu'n welw a hesb o'r newydd.

Hen, hen, hesb, hesb, hyll, hyll yw'r lleuad newydd hon, ac â sŵn ei holl gasineb mae deigryn pob diferyn yn ei bygwth â dyrnau tyn sy'n dirnad dim ond beth yw brad.

'Tyn fi'n gyfan, neu gad fi fod.'

A'r rhod yn agos, nid yw'r diferion yn disgyn ac nid yw'r glaw am ddod.

Ond heno, Dad, gad fi lefen.

Pen Llinyn

Nid yr un tacsi a'm cludodd o'r ysbyty i'r Eglwys Newydd. Ond yr un seddi isel, a'r un ffwr neilon. Aeth â fi i lawr ar hyd Western Avenue, a chroesi'r afon lydan, draw drwy bentre Llandaf a thu ôl i gefn y BBC. Dilyn yr afon. Drwy Ystum Taf. Nôl i'r Eglwys Newydd.

Troi oddi ar Heol Don a heibio i'r gornel a'r ffin i mewn i stryd fy mhlentyndod.

'Seventy-two. There you goes luv.'

Talu'r gyrrwr.

A'r hwyr o haf wedi hen golli'i wres, roedd gwlith y gwyll yn dechrau sgleinio'r lawnt a lleuad newydd yn awgrymu'r ffordd i ben y llwybr tua'r drws cyfarwydd.

Roedd hi'n oer yn y tŷ. Gadewais y bagiau yn y cyntedd gan wthio heibio i'r pentwr post. Diosg fy sgidie sodle uchel. Byddai Anti June wedi hoffi'r rhain.

Agorais ddrws y stydi. Doedd piano Fron Fach ddim wedi llenwi'r twll ar ôl piano mawr du Dad. Ymlaen i'r gegin. Cau'r hatsh yn dynn rhwng y gegin a'r rŵm gore. Doeddwn i ddim ishe meddwl bod neb yn cael cyfle i sbecian. Tynnu un o gadeiriau'r ford a chymryd fy lle yn y nyth gwag.

Agor yr amlen.

iii

Nid wyf i'n arwr, nac yn athrylith.
Dim ond cyfeilydd a gollodd y gallu i
ddilyn y gân. Profodd y drain yn drech
na fi. Methais gyrraedd y gwir
Gynghanedd. Doedd canghennau fy
ngallu i ddim yn ymestyn yn ddigon
pell. Doedd y gwreiddiau ddim yn
ddigon dwfn. Ac yn storm y dyrchafu
syrthiais i ddifancoll rhwng dau fywyd,
ac arhosais yn y rhwyg rhwng dau
hanner stori, ymhell o'r cymylau glas.

Nid wyf i chwaith yn dad . . .

iv

Crynhoi

Doedd hi ddim yn hawdd darllen y geiriau. Doedd hi ddim yn hawdd dirnad eu hystyr. Ond deallais y stori:

Mawrth 1965. Roedd Anti June a Myng-gu wedi dod i Gaerdydd i aros at Mary ac Ifan. Roedd ganddyn nhw gyfrinach, ac roedd angen help. Ym mis Medi, ar ei ffordd adre o ddawns ffermwyr ifanc, roedd Anti June wedi cael ei threisio gan was Pantybrenin, Morris Hopkins, ac yn ei chywilydd a'i hofn, heb ddweud gair wrth neb, aeth y misoedd heibio. Ond o'r diwedd, ar ôl methu cuddio mwy ei bod hi'n feichiog, roedd Myng-gu wedi cael gwybod. Erbyn hyn roedd Morris Hopkins wedi symud bant i weithio fel postmon ac wedi mynd â'i wraig gydag e. Roedd Anti June yn ddiogel. A beth bynnag, doedd dim cwestiwn o ddwyn cyhuddiad, na dweud mas. Gormod o gas. Dim gair wrth neb.

Ifan gafodd y syniad. Byddai Mary a June yn mynd i fyw at Wncwl Defi yn Llundain am bedwar mis – y ddwy yn mynd i ddysgu sut i fod yn ysgrifenyddesau. Byddai Ifan yn gallu galw pan fyddai cyfle ganddo. Ac erbyn mis Mehefin, byddai'r ddwy yn dod nôl. Byddai Mary, erbyn hynny, wedi cael babi. Babi June.

Roedd pawb yn gytûn. Ifan, Mary, ac Wncwl Defi.

Roedd Anti June, a Myng-gu yn ddiolchgar.

Ac felly y bu.

Fe'm ganed ac fe'm cofrestrwyd yn blentyn cyntaf-anedig i Ifan a Mary Gwyn.

Ond roedd Ifan Gwyn yn brysur, a methodd ddod i weld ei ferch fach newydd.

Wythnos yn ddiweddarach, pan ddaeth Wncwl Defi â Mary ac Angharad nôl i Gaerdydd ac Anti June a Myng-gu adre i Lanybydder, doedd Ifan Gwyn ddim yn y tŷ.

A phan gyrhaeddodd Ifan Gwyn yr Eglwys Newydd, roedd Mary rywsut yn gwybod fod ei lygaid yn llawn secwins, a'i glustiau'n llawn llais contralto dwfn. Ac yn ei phryder – a'i siom – collodd ei hanadl. A mogi.

Am Mla'n Ma Mynd

Cedwais yr amlen a'i chynnwys. Câi'r cyhoeddwr wneud fel y mynnai gyda'r cofiant swyddogol, ond fyddai neb yn cael y bennod hon. Cadw pethau'r tŷ yn y tŷ. Rhoddais yr amlen yn ddiogel yn y cwpwrdd llyfrau gyda'r enfys ym mwlyn y drws.

'It's magic you know, Yvonne.'

'I don't believe you.'

Ond roeddwn i'n gwybod yn well.

Ac o'r diwedd, yn y tŷ hwn, lle roeddwn i wedi colli Mam a Myfanwy ac Anti June a Dad, roeddwn wedi dod o hyd i'r gwir a fu ar goll.

Y gwir a allai, falle, roi taw ar y lleisiau, a dysgu'r aderyn sut i hedfan yn iawn fel bod dim peryg iddo syrthio o'i nyth i'r pêfment, a dysgu'r frenhines fach sut i ddod yn rhydd o glawr y llyfr.

A'i dysgu fod yn rhaid, weithiau, fynd am nôl, ac oedi, er mwyn mynd am mla'n.

A'i dysgu hefyd sut i lefen.

A fesul un, daeth y dagrau. Yn araf. Araf. Llond bola o hen ddagrau. Dagrau a oedd wedi cael digon ar gydnabod heb adnabod, a thaith heb gydymaith, a chydwybod heb ddeall. Dagrau a benderfynodd ei bod hi'n bryd perswado Rob i ddod i Gaerdydd i fyw. Dod adre. I'r Hafod. I'r Hendre. Home. Heart. Calon. Cariad.

Dod adre i fagu babi newydd yn saff yn yr hen nyth. Dod adre i glywed un llais.

Llais yn dweud:

Mam.